T0319225

LA TRAGEDIE D'UNE NATION DEBILE

Max-Landry KASSAÏ

Langaa Research & Publishing CIG
Mankon, Bamenda

Publisher
Langaa RPCIG
Langaa Research & Publishing Common Initiative Group
P.O. Box 902 Mankon
Bamenda
North West Region
Cameroon
Langaagrp@gmail.com
www.langaa-rpcig.net

Distributed in and outside N. America by African Books Collective
orders@africanbookscollective.com
www.africanbookscollective.com

ISBN-10: 9956-552-53-4

ISBN-13: 978-9956-552-53-5

Dédicace

à toutes les victimes des crises en Centrafrique...

Remerciements

J'adresse mes sincères remerciements à Catherina Wilson, sans laquelle ce livre n'aurait pas vu le jour. Elle m'a donné le goût de l'écriture et m'a aidé à l'aboutissement de ce premier livre. Mes sincères remerciements vont également à la professeure Mirjam de Bruijn et à Docteur Jonna Both, pour leur étroite collaboration et leur soutien multiple. Aussi, je ne saurais oublier Didier Kassaï pour ses conseils et son excellent dessin de couverture, ainsi que Pacôme Pabandji pour sa participation à la réalisation de ce livre. Gros bisou à ma fille chérie, Divine Alice, qui me donne le sourire et la force de me battre.

Max-Landry Kassaï

Note de l'éditeur

Catherina Wilson

C´est en mai 2014, à Kinshasa, que j´ai rencontré Max pour la première. À l'époque, il vivait déjà depuis plusieurs mois dans la capitale congolaise en tant que réfugié et je commençais à préparer ma thèse de doctorat et souhaitais effectuer des recherches sur les réfugiés centrafricains. Je pensais que je devais me rendre dans la région frontalière entre la RCA et la RD Congo pour rencontrer ces réfugiés. Kinshasa n'était qu'une étape incontournable pour des fins administratives et logistiques. J'avais déjà séjourné à plusieurs reprises dans cette ville et connaissais des gens qui pouvaient m'aider. Aristote, un de mes «frères» Kinois, était une de ces personnes. Ayant terminé ses études supérieures en communication, il avait plus de temps libre, et m´aida à faire les démarches en ville. Par la suite, Aristote s'est avéré être plus qu'un assistant, il fut un informateur clé et, comme je l'appris plus tard, (avec le recul, comme toujours) une porte d´entrée vers des personnes intéressantes pour ma recherche, et ceci à plus d'un titre.

Aristote avait entendu une de ses voisines, Patricia, dire qu´un réfugié centrafricain travaillait à Radio Elikya (une station de radio catholique dans laquelle Patricia était employée). Comme j´avais informé Aristote de mes projets de recherche, il a immédiatement fait le lien et m'a mise en contact avec elle. Et très vite, la machine s´est mise en marche. Patricia m'a ensuite emmenée à la radio, où j´ai rencontré Max. Je me souviens de l'avoir vu dans le couloir : un jeune homme mince, doux et éloquent, vêtu d'un t-shirt orange. Nos chemins se sont croisés dans une ville de plus de dix millions d'habitants, par hasard, comme cela arrive souvent au cours des recherches anthropologiques. Il n'y avait pas beaucoup de réfugiés centrafricains à Kinshasa, quelques centaines au maximum. Rencontrer Max me donnait l'impression de trouver l'aiguille en or dans un tas de foin et j'ai donc décidé de reporter mon voyage dans le nord du Congo.

Après avoir travaillé comme journaliste à Bangui, Max est arrivé à Radio Elikya à la recherche d'emploi. Il finit par y travailler, parfois comme bénévole. Ses collègues congolais lui avaient donné le surnom de « Michel Djotodia ». Ce qui, selon moi, était peu convenable pour être honnête. En effet, Max avait fui justement la rébellion des Séléka dirigée par Djotodia en mai 2013. Sa vie au pays semblait lui manquer énormément. Même s'il avait fui la guerre et la violence, ce livre nous montre que c'étaient loin d'être les seules raisons. Max fuyait des années émaillées de violences et leurs souvenirs, des années marquées par le manque d'opportunités et la frustration. Lors des nombreuses conversations que nous avons eues ensemble, j'ai compris que Max fuyait aussi pour suivre son cœur. En fait, la fuite ne peut jamais être expliquée par une seule raison. Pourquoi certaines personnes décident-elles de quitter tandis que d'autres veulent rester? Je crois qu'en essayant de percer les différentes couches du contexte national, les profondeurs des récits de vie individuels, les passés multiples, les souvenirs, les peurs, les émotions, les perspectives d'avenir, les contradictions et cetera, il est possible d'aborder la fuite, le refuge, mais aussi la migration, sujet qui est devenu si pertinent ces dernières années. Les récits de vie, à la fois imaginés et réels, comme ceux relatés dans ce livre, nous invitent à nous intéresser aux différentes couches de cette réalité.

En travaillant du matin au soir à Radio Elikya (qui signifie «espoir» en Lingala), bassement rémunéré, Max se sentit exploité et devint encore plus déçu par la mégalopole congolaise. Les procédures pour l'obtention du statut de réfugiés qu'il a essayées de suivre, dans l'espoir d'une réinstallation, ne portaient pas non plus de fruits. En fait, la politique du HCR[1] en RD Congo consistait à aider les réfugiés installés dans les camps de réfugiés, et pas en dehors, encore moins pour suivre des études supérieures . Les réfugiés urbains,

---

[1] L'Agence des Nations Unies pour les réfugiés

tels que Max, ont dû apprendre à se débrouiller seuls. Dans ce livre, nous lisons que Max est passé par le camp de réfugiés de Molè, où il a vécu quelques mois. Il décrit le manque d'infrastructures, de soins médicaux, mais aussi l'ennui et le désespoir qu'il y a éprouvés. Par conséquent, retourner dans ce camp pour rester les bras croisés n'était pas une option pour lui. J'ai souvent entendu les réfugiés centrafricains dire : «l'exil n'est pas facile», en écho avec les mots de l'ancien président centrafricain, Ange-Félix Patassé, lors de son exil. Vaincu, Max décida de retourner à Bangui, une ville qui, après le coup d'État de la Séléka, avait connu des nouvelles vagues de violence, à savoir les brutales représailles des Anti-Balaka. Le pays dans lequel Max était sur le point de retourner était, selon les experts des Nations Unies, condamné au génocide. Néanmoins, Max décida d'y retourner volontairement. Il faisait partie des premiers réfugiés, dont je fis connaissance, à revenir au pays, mais il ne devait certainement pas rester le seul. Le manque d'opportunités à Kinshasa forcèrent beaucoup d'autres à suivre son exemple.

Tandis que le voyage de Bangui à Kinshasa lui avait pris des mois, avec de longs séjours dans les camps de réfugiés, voyageant sur des routes boueuses, ou dans des bateaux dangereusement surchargés et ayant à faire avec des policiers avides, Max rentra à Bangui en un jour seulement. Il quitta Kinshasa en août 2014 à l'aube à bord d'un avion humanitaire qui l'a emmené à Libenge. De là, il emprunta un véhicule 4x4 humanitaire jusqu'au camp de réfugiés de Molè, où il sauta à l'arrière d'une moto-taxi pour se rendre à Zongo, la ville congolaise située en face de Bangui. Dans cette localité, il a finalement pris la pirogue pour traverser le fleuve Oubangui et poser pied à Bangui au crépuscule. Quand on utilise les infrastructures mises en place par les agences humanitaires, Bangui ne semble pas si loin de Kinshasa. Les moyens de transport dont dispose la majorité des gens contrastent toutefois nettement avec les réalités de voyage des agents humanitaires.

Tandis que de nombreux réfugiés centrafricains de Kinshasa avaient de l'appréhension à mon égard - ce qui est compréhensible - Max était en fait l'un des premiers à me faire confiance. Était-ce parce que nous nous-nous sommes rencontrés en dehors du contexte humanitaire ? Ou parce qu'il avait besoin d'une oreille attentive ? Les longues conversations que nous avions, souvent lors de nos longues promenades en ville, portaient sur la politique, la délicieuse nourriture à Bangui, mais aussi sur la prise de décisions. Max me demandait souvent mon avis et mes conseils sur des tas de choses. Je me sentais respectée, comme une grande sœur. Lentement, mais sûrement, notre amitié croissait. Quand il est retourné à Bangui, Max et moi sommes restés en contact, de façon sporadique (par téléphone et surtout à travers les médias sociaux). En 2016, je suis devenue membre du projet de recherche de deux ans «Being Young In Times of Duress» (« Etre jeune en période de détresse»)[2] qui mit l'accent sur les jeunes en RCA. Le projet avait pour but de comprendre ce que cela signifiait que d'être jeune en République centrafricaine pendant ces périodes de difficultés et de contraintes. C'est grâce à ce projet que nous avons pu appuyer Max pour écrire le présent livre. Tandis que le projet de recherche se focalisait sur les jeunes démobilisés, le livre de Max fait le récit d'un garçon qui grandit pour devenir un homme dans des conditions extrêmement difficiles. Cela a malheureusement été, d'une manière ou d'une autre, la réalité de tant de jeunes en RCA.

Je devais rencontrer Max encore une fois en 2016 (et plus tard en 2018) à Bangui, sa ville natale, la ville dont nous avions si souvent parlé à Kinshasa, de façon mémorable, triste, voir même mélancolique. J'ai vu Bangui à travers ses yeux, une ville moins parfaite que celle qu'il m'a esquissée à Kinshasa. Bangui avait changé, tout comme Max. Mais le manque d'opportunités semblait être une donnée constante. Après son retour, Max

---

[2] https://www.ascleiden.nl/news/being-young-times-duress-research-collaboration-between-ascl-and-unicef-central-african

enseigna dans une école, travailla pour des ONG locales, retourna au journal pour lequel il avait travaillé auparavant. Il aménagea également, avec des amis, un jardin potager bio sur la parcelle de sa grand-mère et y travaillait avec dévouement. Mais Max devenait une fois de plus frustré, se sentait coincé. Ni Bangui, ni Kinshasa ne lui offraient les opportunités qu'il cherchait.

Cette fois, il ne traversa pas le fleuve. Mais trouvera plutôt refuge dans l'écriture de son blog[3] et c'est cette activité qui a jeté les bases du présent livre. L'écriture était quelque chose qu'il avait voulu faire depuis longtemps. C'était une passion. Quand il était encore jeune garçon, étudiant au séminaire avec les prêtres, il avait appris à tenir un journal. Il gardait des petits fragments de textes avec lui, qu'il a perdus au cours de sa fuite en 2013. A Kinshasa, Max m'avait montré certains de ses textes et poèmes. Je l'encourageai alors à créer un blog. Près de deux ans plus tard, début 2016, après quelques tentatives avortées, mais aussi dans le contexte d'élections démocratiques à venir et qui étaient au centre des discussions, Max commençait à bloguer plus sérieusement et n'avait pas peur d'exprimer ses opinions.

Le projet «Being Young In Times of Duress»[4] nous a permis de financer le blog de Max. Nous lui avons acheté un ordinateur et pris en charge les frais d'édition et de traduction de ce livre. De plus, le projet nous a donné l'opportunité de voyager à Bangui. Mais en dehors de ces avantages matériels, le résultat le plus fructueux, pour les deux parties, a été la collaboration (et peut-être même la co-création) qui en a découlé : les idées échangées, le soutien moral, les conseils, les leçons apprises. Mon rôle vis-à-vis de Max a constamment changé : j'ai commencé comme chercheuse, puis facilitatrice, mettant les gens en relation et devins, finalement, même une apprentie-éditrice. Max, à l'origine assistant de recherche, s'est

---

[3] http://lechroniqeurcentrafricain.over-blog.com/
[4] http://www.connecting-in-times-of-duress.nl/

converti en blogueur, guide et écrivain. Nous sommes devenus amis.

Même si Max est sans aucun doute l'unique auteur du présent livre, vous (lecteurs) tenez entre vos mains le résultat palpable d'un effort de co-création. Cette collaboration ne se limite pas seulement aux échanges entre Max et moi, mais s'étend bien au-delà. Ce n'est donc pas un livre écrit d'une seule main, mais le résultat d'un effort pluridisciplinaire : en partie littéraire, en partie journalistique et en partie académique. La collaboration implique, directement et indirectement, les membres de l'équipe de recherche du projet (en particulier Jonna Both et Mirjam De Bruijn) , ainsi que le caricaturiste centrafricain, Didier Kassaï (qui a dessiné la remarquable couverture) et le journaliste, aussi, centrafircain, Pacôme Pabandji (qui a rédigé la préface). A ne pas oublier les deux éditeurs et traducteurs Ruadhan Hayes et Moussa Fofana, pour qui la traduction d'une œuvre d'art populaire représentait un défi ; mais aussi Yasmin Noor qui a été mon bras droit dans le procès de l'édition de ce livre. Le rôle d'Aristote et de Patricia doit également être souligné, de même que celui du compagnon d'armes de Max, E.T, avec qui il a fui Bangui et s'est rendu à Kinshasa. Mes sincères remerciements vont à chacune des personnes sus-citées.

Dernier point mais non des moindres, une remarque sur le genre de ce livre mérite d´être soulignée. Le travail de Max sera pour quelques-uns un défi à lire. D'une part, son style est éclectique, un mélange de prose, de fiction, d'analyse politique et d'opinion, sous forme de rapport avec des recommandations, de blogs, de poésie et plus. Il est en partie autobiographique, mais en même temps, il combine beaucoup de voix. Max n´a pas vécu en personne tout ce qu´il décrit, pourtant des éléments de sa propre vie sont intégrés dans le texte. D'une autre part, le ton du livre est sombre et de nombreux passages violents sont décrits dans des détails que certains lecteurs préféreraient omettre. En toute honnêteté, j´ai eu du mal avec la récurrence de certains de ces passages. Toutefois, les laisser tomber ne rendrait pas justice à la voix de

Max et nous avons donc décidé de ne pas trop changer ce qui pourrait être considéré comme une production littéraire. On pourrait se demander s'il existe une meilleure façon d'écrire sur la peur, la perte de personnes chères, la colère, la violence brutale et cetera que celle utilisée ici. Ce livre pourrait être vu comme un produit de la culture populaire, un genre qui donne des perspectives sur des sujets que les gens eux-mêmes jugent intéressants, attrayants ou importants (Barber 2018: 3) . Un genre proche des personnes qu'il décrit, qui représente la réalité telle que vécue, avec toutes ses insuffisances, ses joies et ses peines.

Table des matières

Préface

Par Pacôme Pabandji

En ce soir du mois de mai, le ciel s'assombrit peu à peu sur Bangui. Tout paraît calme et silencieux. Des bords du fleuve de Ouango aux chaleurs des hautes flammes des "chouateries"[1] de Lakouanga, il y a même des lieux sinistres qui donnent froid au dos. Et pourtant, devant le bar-dancing "Mbiyé" au quartier Lakwanga, l'ambiance est à son comble. Jeux de lumière, musique, mouvements, ... un cocktail complet pour une parfaite soirée. J'ai pris rendez-vous ce soir-là avec Catherina Wilson qui est arrivée à Bangui quelques jours auparavant. On devrait prendre un pot et discuter. Mais lorsque j'arrive, surprise : je croise toute une équipe d'amis, même virtuels, c´est à dire des réseaux sociaux. Lorsque je descends du taxi-moto qui m'a conduit jusqu'ici, un homme fin et élégant m'accueille. Il se présente : « je m'appelle Max-Landry Kassai. » Son nom me rappelle le célèbre dessinateur centrafricain, Didier Kassai, que j'ai côtoyé. Mais non ! C'est juste une homonymie. On a tous rigolé.

C'est la première fois que je rencontre ce jeune prodige centrafricain en un soir où, dans certains quartiers de Bangui, les éclats de rires font place aux tirs de Kalachnikovs. Et pourtant, on se connaissait il y a longtemps, grâce à la magie des réseaux sociaux. Mais la rencontre de ce soir est quelque peu spéciale. Nos bières fraîches ne nous empêchent pas de sentir que Bangui va mal, le pays va mal. Quelques jours plus tôt, toute la ville de Bangui a été plongée dans de nouvelles violences. Une milice musulmane avait attaqué l'église

---

[1] Petites restaurations au bord de la rue où on braise la viande

catholique de Fatima lorsque les fidèles étaient en plein culte. Plusieurs personnes sont mortes, plusieurs autres ont été blessées et mutilées. Ce fut à nouveau le sauve-qui-peut pour échapper à la loi des machettes. Cette loi, Bangui et tout le pays la vit depuis cinq années déjà.

Ce que vit Bangui en ce mois n'est qu'une partie de tout ce qu'a vécu Max-Landry depuis 2013, année où une rébellion à majorité musulmane s'empara du pouvoir en Centrafrique, renversant François Bozizé. Et pourtant, ce soir-là, il est tout sourire, comme s'il voulait oublier, en une soirée, toutes ces années d'horreur. Comme si les cris de détresse de ses proches et amis tués à coups de machette ne résonneront plus. À sa table, je rencontre des connaissances : des blogueurs centrafricains et un taximan que j'avais justement croisé en 2013 au plus fort de la crise. On se remémore nos moments spéciaux. Chacun raconte comment il a vécu les premières heures de cette guerre stupide. Ce moment m'a permis de comprendre que je n'étais pas le seul à subir la crise centrafricaine sur le plan professionnel, et même personnel. Le récit de Max-Landry m'a glacé et m'a replongé dans ce sombre délire dans lequel la religion était le seul motif pour tuer son voisin, son ami d'enfance, son rival…

Introduction

N otre pays a été pendant plusieurs décennies affecté par des crises militaro-politiques qui ont terriblement secoué le vivre-ensemble. En effet, cinq décennies se sont écoulées dans un vide organisationnel pitoyable, balayant les acquis de l'unité, de la cohésion sociale et de la laïcité.

Nous avons grandi dans la guerre et cela nous a façonnés d'une manière ou d'une autre : la haine, la cruauté, la violence dans toutes ses formes ont supprimé ce qui est de sociable, de pacifique en nous. Le monde nous traite de monstres, d'inhumains, parce que nous avons atteint le comble de la cruauté. Comment un homme peut-il manger la chair de son prochain ? Comment peut-on pénétrer dans un village pour y massacrer tous ceux qui ne partagent pas notre croyance ?

Tant d'autres questions pouvaient être posées pour illustrer la plus grave de toutes les crises que notre pays ait connues. Mais, il est tout de même important de comprendre que ces crises respectives découlent de la mauvaise organisation et de la gestion opaque de notre pays. Aucun homme ne peut prétendre diriger un peuple sans avoir le sens de rassembler, de regrouper autour de lui toutes les différentes couches sociales. Nous avons assisté durant ces cinq décennies à un chaos de structuration politique, engagée dans le sens du népotisme, du clanisme et du régionalisme, laquelle structuration a entrainé l'abandon de certaines ethnies ou minorités.

Ainsi, les provinces, les villages ont complètement été délaissés par le pouvoir central dont la gestion se caractérise par la corruption, le détournement des fonds publics, la mauvaise répartition des richesses du pays. Il n'existait aucune égalité de chance ni de traitement devant les services publics de l'Etat. De ce fait, le mode de recrutements aux seins de ces services ou dans l'administration générale n'est pas basé sur des critères de compétences ni de mérite. Au contraire, l'accès aux postes de responsabilités était généralement basé sur le népotisme.

De ce fait, et à certain moment, l'exaspération des populations devenait générale et les révoltes dans les villes se succédèrent vu qu'un nombre important de jeunes désœuvrés commençaient à rejoindre les mouvements rebelles, qui leur promettaient un changement radical. Au finish, les intérêts des uns ne pouvant se concilier avec ceux des autres qui réclament le pouvoir ou une large représentation de leur communauté, sont nées des tensions communautaires exacerbées par la marginalisation des communautés peu représentées.

Avec l'affrontement des Séléka-Antibalaka, nous avons vécu la plus horrible crise de notre histoire, qui a provoqué l'éclatement de notre société.

Ce récit traite des problèmes politiques et sociaux du peuple centrafricain. Il tend à dénoncer les abus du pouvoir, les carences dans la gestion des biens publics, la marginalisation de certaines communautés sous représentées. Son but ultime est de contribuer à l'amélioration des conditions de vie des populations, le respect des libertés publiques et des droits fondamentaux de la personne humaine, l'égale répartition des richesses du pays et l'intégration de tous dans le processus de développement national.

Ce récit est une tentative pour aider au rétablissement de la paix, de la cohésion sociale, d'une parfaite intégration de toutes les communautés, par notre engagement dans la conscientisation des populations sur les problèmes qui leur sont nuisibles.

Nous ne pouvons accepter que notre Etat soit mal gouverné et que le peuple soit marginalisé. Nous avons eu des dirigeants étriqués, avides, voleurs de l'Etat qui se sont baignés dans le luxe au détriment du peuple. Et nous rapportons ici les méfaits de l'injustice, de l'impunité et d'effroyables égalités qui nous ont conduits dans l'horreur.

La tragédie d'une nation débile

Chapitre I

Le ciel était un peu menaçant. De gros fragments de nuages enveloppaient une partie du ciel bleu. Bangui devint de ce fait timide. Il était 13 h 30, un silence inhabituel semblait gagner notre quartier. Quand je sortis de ma chambre après une sieste difficile, je sentis que tout bougeait, que tout était en mouvement. Les gens couraient dans tous les sens et les voitures filaient à toute vitesse. Je posai la question de savoir pourquoi le quartier était si calme ?

Autour de moi se trouvait un groupe de jeunes qui jouaient au damier. L'un d'eux me répondit : « ne sais-tu pas que nous sommes dans un pays de fous ? Il n'y a pas plus débiles que nous centrafricains. Un nouveau coup d'Etat vient d´échouer. » Il poussa un petit cri innocent et son visage était couvert de tristesse.

Quelques minutes plus tard, nous avons vu un groupe de militaires loyalistes envahir les routes. De tous côtés, les gens cherchaient à regagner à toute vitesse leurs domiciles respectifs. Une mesure de contrôle fut imposée. Tous les véhicules qui passaient étaient soumis à un contrôle strict. A 15 h, le président, contre qui le coup d'Etat venait d´échouer, prit la parole et annonça : « chers compatriotes, peuple centrafricain, nous venons de déjouer un coup d'Etat qui a été soigneusement préparé par un groupe de personnes issues de l'ethnie Yaki. Et c'est depuis longtemps qu'ils ont voulu me renverser, après leur défaite à la dernière élection présidentielle. Je les connais donc tous, et je vous promets qu'ils vont répondre de leurs actes devant la justice. Je vais être sans pitié envers ceux-là, et je mettrai en marche tous les moyens que j'ai en ma possession pour les traquer ».

Aussitôt, l'agitation gagnait toute la ville. Les militaires renforçaient leurs patrouilles dans les quartiers, fouillant les voitures et les sacs à dos des passants. Nous habitions au 7e arrondissement de cette ville où se situait la résidence du président déchu ainsi qu'un nombre important de personnes de l'ethnie Yaki.

Par conséquent, notre arrondissement fut encerclé. Personne ne pouvait y entrer ou en sortir, sur ordre du président. Les militaires commencèrent à pénétrer dans les quartiers pour y extraire des personnes à demi nues. Cette agitation devint terrible, et des coups de feu provenant d'armes de tout calibre commençaient à se faire entendre. Les personnes arrêtées formèrent un rang et défilèrent à la file indienne pour aller monter dans de gros véhicules militaires loyalistes prévus pour la circonstance. Elles furent embarquées dans ces engins qui prirent une direction inconnue. Déjà dans les véhicules, les militaires loyalistes commencèrent à leur donner des coups de crosse, les ligotant sauvagement. Certaines personnes furent blessées et perdirent énormément du sang.

De loin, l'on pouvait entendre ces gardes loyalistes : « Embarquez ces hommes. Ce sont eux qui veulent mettre en péril notre régime. Nous allons les éliminer tous, eux qui se croient de l'ethnie la plus ingénieuse, supérieure à la nôtre. »

Une foule de femmes criaient à tue-tête, demandant à tous les hommes de quitter leur maison et de se sauver afin d'échapper à la chasse à l'homme des militaires.

Ces militaires allaient de porte en porte. Les quartiers se vidèrent de leurs habitants. La majorité des hommes de cet arrondissement ont dû fuir très loin, dans les montagnes, les forêts pour se cacher, se mettre à l'abri des crimes, en abandonnant femmes et enfants.

La nuit tombée, un grand silence de cimetière s'empara des quartiers quasi déserts. Quelques femmes s'aventuraient dehors pour chercher du pétrole chez les vendeurs à cause de la coupure de l'électricité. Dehors, il faisait très sombre. Seules quelques étoiles scintillaient dans le ciel. Cette nuit-là, une flambée de violence s'abattit sur le quartier. Les hommes qui n'ont pas pu se sauver furent soumis à la barbarie, à la cruauté des hommes armés. Ce fut un massacre horrible. Ils furent rassemblés dans une petite brigade de répression du banditisme, furent torturés et soumis à toute sorte de traitements dégradants.

Dans notre maison il y avait un sous-sol blindé dont la porte principale se trouvait dans notre salle de bain. C'était une bonne cachette et ce n'est que je jour-là que nous les enfants apprenions son existence. Papa ne nous avait jamais parlé d'un tel endroit. Il était gardé secret. C'était un coin de plus de six mètres de profondeur, composé de trois pièces servant de chambres et salon. Il était presque vide, ne contenant qu'un seul meuble poussiéreux.

Maman se chargea de faire descendre nos matelas pour les étaler à même le sol. J'avais à peine 12 ans et ma sœur cadette en avait dix. Ce jour-là, nous n'avons pas cessé de harceler nos parents de questions au sujet de ce qui venait de se passer dans le pays. Pourquoi ce changement brutal? Papa et maman n'ont pas cherché à mâcher leurs mots. Ils nous dirent les choses telles qu'elles s'étaient passées. Donc le pourquoi de ce coup d'Etat manqué.

Le plan était de renverser le président en place, Kota, pour une prise du pouvoir par l'ethnie Yaki. Une vision que je n'avais jamais partagée, quand nos parents nous faisaient croire que notre ethnie était supérieure aux autres.

L'Ethnie Yaki est le groupe de riverains habitués à la pêche et au commerce. Ils sont pour la plupart originaires de la RDC et ont un teint un peu clair. Ce sont des hommes robustes, et les leurs activités de pêche et de commerce font qu'ils ont plus de fortune. Des petites idées de clivage étaient encrées en nous et étions enclins à haïr les autres, à les déconsidérer.

Toutefois, j'avais compris depuis mon jeune âge que nous n'étions nullement supérieurs aux autres, les Banda, les Gbaya, les Kaba, notamment, originaires du nord. Et mon constat se s'était confirmé lors de mes études quand je constatai que j'avais des amis issus d'autres ethnies qui étaient aussi brillants que moi. Cela me fit conclure que cette supériorité toute formée, était basée sur l'esprit de domination entretenu par les ancêtres de notre clan qui la transmettait de génération en génération. Et mes parents étaient croyaient fermement à ces idées erronées.

Mon papa ne comprenait pas pourquoi je refusais de croire que nous étions supérieurs aux autres. Effectivement, j'étais réticent à le croire. En outre, j'aimais tous mes amis, en particulier ceux de ma classe et de mon entourage. Nous passions ensemble de très bons moments pendant les récréations et nous partagions ensemble nos rations de midi préparées à la maison ; sans oublier nos jeux de cache-cache. Tout était rose, la vie était vraiment belle.

Il faisait très sombre dans le sous-sol, papa est allé chercher du pétrole dans les pièces d'en haut. Mais, il n'en trouva pas. Il descendit demander à maman s'il pouvait sortir en acheter dehors chez les revendeurs.

Mais le refus de celle-ci fut catégorique. Maman ne voulait pas qu'il risque sa vie car les militaires ne manquaient pas de mettre la main sur tous ceux qui étaient de l'ethnie Yaki. Et malgré ce refus, papa décida quand même de sortir à son risque et péril. Connaissant tous les petits coins du quartier comme sa poche, il se faufila au milieu des maisons coincées les unes contres autres pour gagner le centre commercial où se trouvait l'oncle Zada.

En marchant, il entendit dans une pénombre un petit cri provenant de sous un arbre. Un homme était en train d'être égorgé par les loyalistes. Il prit tellement peur qu'il regagna immédiatement le sous-sol. Il était trempé de sueur. Il avait également remarqué qu'un autre groupe de soldats était en train de violer une femme et une jeune fille. Mais, impuissant devant ces faits, papa ne pouvait évidemment rien faire pour venir au secours de ces pauvres personnes. D'où son empressement à rentrer à la maison.

Une fois revenu au sous-sol, il tremblait si fort que ni maman ni quiconque ne pouvait lui poser de questions. Nous avons compris que quelque chose a dû lui arriver. Ma petite sœur et moi commençâmes à pleurer à chaudes larmes. Il nous saisit par les bras et nous serra contre lui.

Quand il est revenu à lui, il se mit à nous raconter ce qu'il a vécu dehors. Maman nous servit le reste du repas que nous avions mangé à midi. Toutefois, papa n'a pas pu avaler quoi que ce soit. Ce qu'il a vécu continuait à le tourmenter. A la fin, maman nous pria d'aller au lit. Ce que nous fîmes, les laissant tous les deux au salon.

De loin, on pouvait écouter quelques bribes de leur conversation. Papa souhaitait nous faire quitter l'arrondissement dans lequel on se trouvait pour un autre, où nous serions en sécurité. Il craignait que nous n'ayons pas assez de provisions pour notre subsistance d'autant plus qu'il ne savait pas aussi combien de temps cette crise pouvait durer. Maman lui fit part de son inquiétude quant aux arrestations arbitraires et à leurs conséquences fâcheuses. Papa se contenta de répliquer qu'il n'y avait pas de choix et que nous devrions chercher à quitter l'arrondissement le lendemain matin.

Le jour s'était enfin levé, et la vie reprenait son cours tout doucement. Papa sortit aussitôt et se mit à épier l'atmosphère dehors. Il entendit des cris et des pleurs venant de la maison de l'oncle Sam qui se trouvait à quelques mètres de la nôtre. Il comprit que l'oncle Sam venait d'être tué, ce qui plongeait sa maison était dans le deuil. L'atmosphère était très bizarre dehors. Seules les femmes et les enfants pouvaient circuler, à part les militaires loyalistes.

Revenu, papa nous informa de la mort de l'oncle Sam. A cette annonce, maman s'évanouit, car l'oncle Sam était de 3 ans son grand frère. Papa s'évertuait à la ranimer. De notre côté, on commençait à verser les larmes. Nous étions également beaucoup liés à notre oncle. Papa réussit à faire reprendre ses sens à maman, mais cela prenait plus de temps tant celle-ci et l'oncle Sam étaient proches. Foudroyés au sol que nous étions, ce fut finalement qui nous a consolés, ma sœur et moi.

Plus tard, papa lui demanda de faire nos valises afin de partir pour le quatrième arrondissement. Mais lui-même ne pouvait pas aller avec nous, à cause des risques liés aux arrestations arbitraires. La séparation douloureuse et nous affecta beaucoup. Toutefois, nous comprenions la nécessité de cette décision et ne pouvions la contester. Nos bagages faits, nous devions nous lever tôt le matin pour partir. Nous donnâmes des baisers à papa nous serra contre lui. Une courte prière fut faite et il nous laissa monter les marches du sous -sol.

Chapitre II

Q uelle agitation ! Une foule immense de déplacés, tous originaires de notre arrondissement, envahissait la route de Ndress qui menait au quatrième arrondissement. Nous comprimes tout de suite que nous n'étions pas les seuls à quitter notre arrondissement, pour être à l'abri des violences. Il y avait parmi nous des femmes, des enfants, et quelques vieillards. Les hommes adultes ne pouvaient pas passer par là, au risque d'être tout simplement arrêtés. Des groupes d'amis se créèrent le long du chemin. Ainsi, nous retrouvâmes certaines familles avec lesquelles nos parents avaient fait connaissance.

Tous ceux qui s'étaient mis en marche avaient quelque chose en commun : tous portaient le même chagrin, les mêmes douleurs de perdre des proches bien-aimés. Sans avoir le temps de pleurer ou de les enterrer dignement, ils étaient obligés de se mettre en route, afin de se mettre eux-mêmes à l'abri des violences et des massacres.

Dans la foule, une femme ne cessait de pleurer. Elle semblait être la plus affectée. Elle portait une robe bleue toute tachée de sang qu'elle a refusé de changer malgré l'intervention de ces amies. Ces proches nous expliquèrent sa triste histoire : les militaires loyalistes étaient entrés dans leur domicile, où ils retrouvèrent sur place son mari ainsi que ses quatre grands garçons. Ils les saisirent et les conduisirent derrière la maison où ils furent tous égorgés. La bonne femme, comme elle leur résistait, fut battue et violée par la suite.

Le trajet pour arriver au quatrième arrondissement dura quarante-cinq minutes. Des barrières y étaient érigées et contrôlées par les militaires loyalistes. Nos bagages furent fouillés. Ce contrôle visait à arrêter tous ceux qui étaient de l'ethnie Yaki. Ainsi, on imposait à tout le monde de parler en patois, c'est-à-dire que chacun devait parler dans la langue de l'ethnie dont il se réclamait. Ils surveillaient également les signes et certaines morphologies caractérisant chacune des ethnies du pays.

Entre temps, il a été décidé de laisser passer les enfants et les femmes enceintes. Tous les hommes au contraire devraient être arrêtés et conduits au niveau de la base Karako, où chacun devait prouver qu'il n'était pas de l'ethnie Yaki. Ce fut horrible. Les hommes arrêtés furent conduits directement à la base Karako où tout se passait. Celle-ci se trouvait à côté du cimetière Ndress, à quelques mètres d'une petite galerie forestière dénommée "Les fleurs". Le camp était rempli d'hommes armés, robustes et impitoyables. Ces hommes se droguaient tout le temps, ayant visiblement l'aspect des monstres. Du sang était répandu partout au sol couvert de cadavres

14

humains, qui se décomposaient. La base puait la mort. De gros essaims de mouches se posaient sur ces corps défigurés. Personne ne pouvait les identifier. Il y avait partout des tombes d'un mètre de profondeur. Certaines personnes arrêtées y furent enterrées vivantes.

A notre arrivée au camp, nous avons remarqué qu'un groupe de jeunes Yaki était arrêté là. Ils étaient ligotés aux arbres et des pneus leur furent attachés. Parmi eux, deux hommes n´étaient pas ligotés. Ceux-là devaient être soumis aux questionnaires du chef de camp, afin de les pousser à livrer leur secret ou à livrer leur famille rebelle. Ils refusèrent de répondre aux interrogations. Et cela leur avait couté très cher. Ainsi, on les passa directement aux différentes méthodes de tortures mises en place. On les fit étaler au sol, où ils reçurent des coups de grosses d'armes et de matraques. On leur piétinait la tête avec les rongeasses. Mais ces méthodes furent sans conséquences.

Le chef loyaliste décida alors de changer de stratégies afin d'augmenter leur souffrance et les pousser à bout. Il fit couper de petits morceaux de bois dont les bouts étaient soigneusement taillés pointus, en forme de flèche. Les deux hommes Yaki, qui, jusqu'alors résistèrent aux méthodes, furent saisis à nouveau par cinq militaires loyalistes pour subir la nouvelle méthode. On les étendit au sol, et le chef de la base Karako passa avec ces morceaux de bois aux bouts taillés. Il les fit enfoncer dans l'anus de chacun de ces Yaki. Il continuait à enfoncer de toutes ses forces, très profondément. Cela ne pouvait avoir d'autre conséquence qu'une mort violente et subite. Ces morceaux de bois traversaient le Yaki et perçaient leurs entrailles. Et au finish, les deux hommes se débattaient vainement face à la mort. Du sang sortait de leur bouche, de leur anus et même de leurs oreilles.

Leurs compagnons ligotés, qui assistaient impuissamment aux tortures, poussaient des cris hystériques en sanglotant. Mais, personne ne pouvait leur venir au secours. On fit délier deux autres hommes arrêtés, pour les passer aux mêmes exercices. Face aux angoisses et souffrances subies, ils ne trouvèrent mieux que de cracher au visage du chef de la base. La peur les envahissait. Ils tremblaient et se mirent à pisser. Ils pouvaient sentir la mort bien proche. Malgré tout, ils décidèrent de tenir tête au chef loyaliste. Ainsi, ce dernier décida de modifier légèrement son procédé. Il ordonna de les mettre sur le dos, la face fixée au ciel. Au lieu de leur fit enfoncer des flèches dans l'anus, le chef décida de les enfoncer dans les bouches, par coups de marteau, jusqu'à ce qu'elles sortent pas la nuque. Une sorte de crèmes blanches accompagnées du sang leur sortaient régulièrement du cerveau. Mais cela ne suffit pas, on les fit découper en petits morceaux : d'abord les têtes, ensuite les autres parties du corps.

Après, le chef aux yeux odieux, se tourna vers les autres personnes attachées aux arbres autour des pneus. Il leur dit fermement de ne pas commettre l'erreur de lui faire perdre son temps et de lui dire plutôt tout ce qu'il voulait savoir. Sinon, leur sort serait pire que celui des précédents. Cependant, ceux-là aussi lui lancèrent des invectives et lui crachèrent au visage. Ce qui irrita énormément le chef rebelle qui ordonna qu'ils soient brûlés vifs. Son ordre fut exécuté sur le champ. On leur versa de l'essence sur tout le corps et avant de mettre le feu. Leurs douleurs étaient atroces. Ils cherchaient vainement à se libérer des cordes, criaient et se roulaient dans le grand feu. Les hommes armés les encerclaient et suivaient gaiement le spectacle. Ceux dont les cordes furent brulées par le feu et qui tentaient de se lever pour fuir ou sortir du feu, furent fusillés. Ils moururent tous, les uns de la chaleur du feu et les autres des fusils.

Dans la plupart des arbres qui couvraient la base, on observait des squelettes d'hommes suspendus en l'air et sur lesquelles se posaient de grosses mouches. On y faisait entrer régulièrement des hommes arrêtés pour les tuer. La base Karako était devenue un lieu sinistre qui puait la mort, un reflet parfait de l'enfer. L'homme devenait une bête, perdant tout sens de valeur et de dignité de la personne humaine.

Chapitre III

Après de longs moments d'attente, on nous fit passer les barrières. Et nous voici enfin arrivés au quatrième arrondissement, où régnait une toute autre atmosphère. A priori, ces habitants ne semblaient pas se réjouir de notre arrivée. La haine et la colère se lisaient sur leurs visages, hostiles qu'ils étaient à cette masse de personnes déplacées. Nous commençâmes à recevoir des injures de partout. Les habitants nous traitèrent de bande de cafards, de meurtriers et de traitres. Nous reçûmes des jets de pierres et on nous fit cracher au visage. Bref, ils ne nous acceptaient pas, et nous qualifiaient de rebelles.

La nuit tombait et il fallait bien trouver un endroit où dormir, vu que les populations ne nous laissaient plus aller loin. Aucun déplacé ne pouvait, de ce fait, regagner sa famille d'accueil, et il était difficile pour ces dernières de venir nous récupérer. Car elles seraient soumises au même sort que nous et seraient aussi traitées de complices ou de rebelles. Cela compliquait les choses et nous ne pouvions rien y faire. Seuls un certain nombre d'entre nous purent regagner leurs parents, avec l'aide des habitants de bonne foi.

Le maire de la localité fit son apparition. Il demanda qu'on nous organisât un centre d'accueil au niveau de la municipalité. On nous conduisit dans un centre où des tentes furent improvisées. Mes amis et moi n'ayant pas trouvé de tentes, décidâmes de passer la nuit à même le sol, au clair de lune.

Juste à l'entrée de la mairie, une foule de jeunes hostiles à notre installation réclamait nos têtes. Ils se regroupèrent sous des arbres situés en face de la municipalité. Ils voulaient vaille que vaille notre mort. La situation devenait de plus en plus tendue, au fur et à mesure que le nombre des manifestants augmentait.

Ainsi, le maire ordonna à la police, loyaliste, de sécuriser les lieux et de repousser les manifestants. Une grande peur s'empara de nous. Certains enfants et certaines femmes commencèrent à fondre en larmes. Nous voilà devenus étrangers et cafards sur notre propre terre.

La nuit tombée, le camp improvisé était devenu tout sombre. Quelques lampes et bougies scintillaient au milieu d'une atmosphère mélancolique. Un grand silence régnait, personne ne pouvait se donner le luxe de sortir hors du camp. Sous mon drap, je méditais sur notre sort et me demandais pourquoi il y avait tant de haines et de clivages parmi nous centrafricains, qui ne constituions qu'un seul peuple. Je constatai que tout le camp était en prière. Je pouvais entendre de partout la prière de : « notre père qui est aux cieux » ou le « je vous salue Marie ». Les enfants, accrochés à leurs mères, ne comprenaient pas grand-chose de cette situation insolite.

La police monta la garde autour du camp jusqu'à 22 heures du soir. Mes amis et moi décidâmes de passer la nuit dans un vieux bus de la mairie, garé pas loin de la sortie sud, à l'écart de ma mère et de ma sœur cadette.

Vers une heure du matin, de grands cris se firent entendre dans le camp. Je sursautai et constatai un affolement général. Le camp fut attaqué par des assaillants qui commencèrent à décapiter les gens avec des machettes. Ceux qui essayèrent de se sauver furent fusillés. Femmes et enfants étaient étalés au sol, morts. Je me glissai discrètement sous le bus, entrainant derrière moi les autres amis déjà réveillés. Nous restâmes cachés sous le bus, ne pouvant nullement fuir. La débandade et les spectacles étaient terribles à voir. Ceux qui voulaient sauter par-dessus les murs pour se sauver, furent rattrapés par les fils de barbelés qui éraflaient leur peau. Aussi, certains d'entre ces assaillants attendirent bonnement derrière les murs et récupérèrent à volonté les fugitifs.

Tous les habitants de la périphérie se réveillèrent et accouraient vers la mairie où les cris et les bruits d'armes continuaient à se faire entendre. Dans cette cacophonie, les policiers qui étaient affectés là, refirent surface, en essayant hypocritement de repousser les assaillants. Il était évident qu'ils étaient de mèche avec les assaillants. Mes amis et moi décidions de rester où nous étions cachés, observant l'évolution de la situation avec beaucoup d'attention. L'hypocrite intervention des policiers était néanmoins salutaire et aboutit au retour d'un calme précaire.

Un quart d'heure après, une ambulance de la Croix-Rouge fit son entrée. Des cadavres étaient ramassés et entassés comme des bouts de bois dans cet engin funèbre. Quant aux blessés, ils furent conduits à l'Hôpital de l'Amitié. Mes amis et moi ainsi que d'autres survivants du carnage étions sortis enfin de nos tanières, tout engourdis de peur et de peine. Ma mère et ma cadette étaient-elles mortes lors de l'assaut ? Oui, elles venaient toutes les deux de mourir. Nous nous rassemblâmes pour pleurer nos proches massacrés pendant cette aube-là. Je perdis tout gout à la vie et ne pensais à rien d'autre au suicide. Perdre ma mère, le choc était immense ! Elle était tout pour moi, ma douce et chaleureuse maman.

Vu la gravité de la situation, le maire décida d'organiser des accueils au sein des familles volontaires. Cela avait pour but de nous mettre à l'abri d'autres massacres. Cette initiative fut salutaire car un grand nombre de familles nous accueillirent chez eux, malgré la résistance et à l'hostilité de certaines tranches de la population qui nous considéraient comme des « envahisseurs ».

Je fus accueilli dans la famille Bougué, laquelle avait une opinion favorable des déplacés. Cette famille comprit que nous étions les victimes de divisions sociales et des clivages ethnico-politiques. J'essayais de m'adapter à cette nouvelle situation. Chaque jour, un membre de cette famille m'amena sillonner les quartiers pour rendre visite aux proches parents ou aux amis.

Un jour, nous décidâmes de nous rendre au marché pour des courses domestiques. Chemin faisant, nous fûmes témoins d'une scène inhumaine : un groupe d'enfants d'au moins 10 à 11 ans qui jouaient au football, se jetèrent sur un autre enfant qui était l'un des déplacés et qui était accueilli dans une autre famille. Ils le traquèrent et le jetèrent au sol, le qualifiant de cafard, de chien. Sous les coups des gros cailloux qu'on lui jetait, il était à demi-mort. Indignés, le frère qui m'accompagnait et moi-même décidions de chasser les assaillants et de récupérer l'enfant.

Non loin de là, à l'ombre, les parents des enfants observaient la scène avec excitation, sans réagir. Me voyant secourir l'enfant, ils se ruèrent sur moi et me tapèrent sauvagement avec de morceaux de bois. Je fus dépouillé de la somme qu'on m'avait remis pour le marché et je fus jeté dans un petit canal. Celui qui était avec moi courut alerter la famille d'accueil qui se précipita pour m'emmener d'urgence à l'hôpital.

L'attitude agressive des populations du quatrième arrondissement ne s'atténua point. Un projet d'extermination de notre ethnie fut fomenté par le régime en place. Quand nous nous rendions au marché pour acheter des vivres, les vendeuses augmentaient d'emblée le prix des denrées. Souvent, on refusait tout simplement de nous les vendre. Nous étions obligés de nous retrancher et de vivre dans la peur constante.

Pourquoi notre pays ne considère-t-il pas la pluralité comme une richesse ? Elle suppose l'acceptation des autres ainsi que et la tolérance pour leurs habitudes. Il s´agit d´un métissage riche de nos différences ethniques, culturelles et de nos croyances. Et, aucun dirigeant ne peut prétendre gouverner un peuple s'il n'a le sens du rassemblement. Aucune ethnie ne peut penser être supérieure aux autres et de les clouer à ses caprices. Le clanisme, le régionalisme et le népotisme sont les vraies sources de nos malheurs. Les injustices, les inégalités et les oppressions ne peuvent que conduire au déclin d'une nation. Le plus grand dirigeant est celui qui doit tout penser, tout faire, tout oser pour son peuple. Il ne peut jamais dormir tranquillement si les attentes de ce dernier ne sont pas en grande partie exaucées. Il doit pouvoir donner sa vie pour son peuple, en se sacrifiant pour l'unité et leur parfaite intégration au processus de développement national. Il doit être un fidèle serviteur et non un sauvage despote.

Sur mon lit de malade, je ne cessais de tourner les événements dans mon esprit afin d´y voir clair. J´avais du mal à comprendre pourquoi les autres ne nous acceptaient pas. A côté de moi se trouvait une fille qui me surveillait. Je lui demandai de me faire venir un membre de ma famille d'accueil. Et après une trentaine de minutes, Agbo, la mère de cette famille d'accueil arriva. Elle me serra dans ses bras et pleurait sans cesse. Alors, je lui exprimai ma déception et ma volonté de regagner mon arrondissement d'origine. Abgo se fâcha à l'idée que je voulais regagner mon arrondissement qui était devenu le réceptacle de massacres, de crimes odieux.

Les implorations de maman Agbo furent vaines, ainsi que celles de son mari. Je descendis de mon lit et pris mes bagages sous le regard perplexe d'Agbo et de son mari. Toute la famille m'aimait beaucoup et les enfants ne voulaient pas se séparer de moi.

Chapitre IV

J e me mis à marcher et à marcher tout seul, pleurant et pensant à ma mère qui fut tuée lors des attaques contre le centre municipal. Refusant de passer de nouveau par la base Karako, je me frayais un chemin à travers la galerie forestière « les fleurs » qui se trouvait non loin de cette base. Je pénétrais dans la prairie pour éviter les milices. Je découvris une piste nouvellement tracée, laquelle semblait provenir de la base Karako. Cela me fit paniquer et me révolta par la même occasion. De toutes les façons, il n'était pas question pour moi de faire demi-tour. Je décidais de continuer tout droit, à mes risques et péril.

Chemin faisant, j'entendis des cris et des débattements venant de ma droite dans une petite touffe d'herbes. Je me rapprochai prudemment pour voir ce qui se passait. Je ne tardais pas à découvrir un groupe de milices loyalistes en train de violer des femmes et leurs enfants. Ils les violèrent et les torturèrent sans rencontrer de résistance. Impuissant devant une telle scène, je n'avais d'autre choix que de continuer mon chemin.

Ces milices loyalistes abandonnaient leur poste de garde et n'avaient plus semblaient plus s'intéresser à autre chose qu'au viol. Leurs armes étaient abandonnées au sol et ils se disputaient à qui devait être le tour. Au vu de cela, une idée me traversa l'esprit, celle de ramasser leurs armes abandonnées et de les tuer tous. Mais de l'idée à l'acte il y avait un pas que je ne pus franchir. De plus, je ne savais rien du maniement des armes. Alors je décidais de rentrer directement, en contournant le lieu.

Arrivé dans mon arrondissement, l'atmosphère était triste. La vie et la joie n'étaient plus au rendez-vous. Je me précipitai à la maison pour avoir les nouvelles de mon papa. La porte d'entrée était entrouverte et papa n'était pas là. Je l'appelais à haute voix, mais sans succès. La maison était pillée et je voyais au sol des débris de nos objets volés. Aussitôt, je décidais d'aller voir dans le sous-sol. Il n'y était pas non plus. Je sortis me renseigner auprès des voisins. Ces derniers m'informèrent que papa aurait traversé l'Oubangui pour s'exiler de l'autre côté de la rivière, au Congo. Ainsi, je restai seul, pensif, sachant que personne n'était là pour m'aider.

Comme moi, certaines personnes commençaient à regagner leurs domiciles respectifs. Et la vie reprenait son cours tout doucement. J'essayai de mettre de l'ordre dans la maison, en attendant le retour de mon père. J'essayai d'arranger les meubles et cherchai à me préparer de quelque chose à manger. Mais, il n'y avait plus aucune nourriture dans la maison.

Après, je commençais à réfléchir à la façon d'avoir des nouvelles de papa, sans trouver aucune piste pouvant me conduire à lui. La seule alternative était de me rendre moi-même au camp des réfugiés, de l'autre côté de la rivière Oubangui. Toutefois, personne n'était revenu du camp de réfugiés, et les militaires ne laissaient plus passer personne craignant que les réfugiés n'aillent alimenter les rebelles ou leur fournir des renseignements. Par ailleurs, cela pouvait également me couter la vie.

Après ce coup d'Etat manqué, le président Kota devint de plus en plus furieux et méchant, mettant en place des mesures drastiques de sécurité, pour étouffer et restreindre les droits et les libertés publiques des individus. A cela s'ajoutaient quotidiennement des bavures policières. Des cas d'enlèvement et de disparition secrète de personnes proches de l'opposition ou de l'ethnie Yaki étaient très souvent déplorés. Un régime de terreur s'installa et les conditions de vie des populations s'empiraient. Les populations avaient de plus en plus du mal à espérer un avenir radieux. Le régime devint de plus en plus insupportable. Seuls les clans proches du pouvoir vivaient dans le luxe et circuler librement dans le pays. Par ailleurs, il y eut une montée de rebellions dans les provinces, qui décidèrent de venir renverser Kota afin d'instaurer un régime plus démocratique. Ce qui constituait le seul espoir des oubliés, des marginalisés. Ces groupes rebelles devenaient de plus en plus actifs et avançaient lentement vers la capitale Bangui.

Chapitre V

Il faisait très sombre dehors et les rues étaient vides. N'ayant rien à manger, après une semaine de traque et de bavures militaires, papa décida de sortir de son trou... de tenter sa chance ailleurs. Par manque de ventilation dans le sous-sol, il était mouillé de sueur.

Dehors, il arpenta la petite ruelle qui menait vers l'église Saint Paul. Il décida de se rendre au port Sao pour traverser à Zongo. Arrivé à la rivière Oubangui, il aperçut de l'autre côté de la rive un groupe de pêcheurs congolais qui veillaient et contrôlaient nuitamment leurs filets. Papa se débrouilla, en leur demandant de lui venir en aide. Tous hésitaient de secourir quelqu'un qui sort de nulle part, qui pourrait être un imposteur à la solde de la police des frontières centrafricaine.

Mais connaissant les dernières frasques de cet Etat « fantôme » et les dernières traversées nocturnes et spectaculaires d'une frange de la population centrafricaine, ils acceptèrent de se rapprocher, lui demandant ce qu'il voulait.

Les pêcheurs étaient au nombre de trois, et deux parmi eux parlaient couramment Sango, leur ville étant à une quinzaine de minutes de Zongo-Bangui. Papa leur demander de l'aider à traverser pour se rendre au camp de réfugiés du Congo. Pour cela, ils lui exigèrent la somme de 15000 francs CFA. Il les supplia d'accepter 5000 francs. Cette même nuit, ils traversèrent le fleuve et accostèrent de l'autre côté de la rive, coté congolais. Il était une heure du matin, et papa n'avait pas d'autre choix que de dormir au bord de la rivière, en attendant le lever du soleil.

Ses hôtes le firent coucher près de leurs bagages ; ils rallumèrent le feu, pour griller du poisson tiré de leurs filets. Le poisson était grillé légèrement avec de l'huile et du sel ; Papa partageait ce repas avec eux et parlait de la crise dans son pays. Après un moment, ses amis le laissèrent pour aller continuer leur besogne. Seul et pensif, papa n'arrivait pas à avoir sommeil. Il se faisait des soucis pour sa famille séparée, ne sachant pas ce qui pourrait nous arriver, vu qu' il n'avait pas de nos nouvelles. Les yeux fixés au ciel, il contempla les étoiles qui brillaient, se tournant dans tous les sens sans dormir.

A quatre heures, les coqs chantèrent et annoncèrent le jour. D'autres pêcheurs affluaient sur les rives. Papa se mit debout, marcha le long de la rivière et observait les activités des riverains. Après une demie -heure, les amis le regagnèrent. Papa avait l'intention de retrouver le camp de réfugiés. Mais les pêcheurs lui conseillèrent de prendre son mal en patience et d'attendre jusqu'à 7 heures 30 ou 8 heures, l'heure de l'ouverture des postes administratifs.

Les pêcheurs rangèrent leurs bagages vers 5 heures et quittèrent la rivière pour leurs domiciles respectifs. Entre-temps, l'un des pêcheurs proposa l'hospitalité à mon père en attendant de se rendre au HCR.

Arrivés chez l'ami pêcheur, papa prit place dans un vieux fauteuil sous la véranda dans une maison délabrée, noircie de fumées à cause du séchage du poisson. L'air dégageait l'odeur de poissons pourris, qui n'avaient pas été achetés. Papa se concentra d'attendre l'heure indiquée, pour se rendre au HCR.

Son ami pêcheur ressortit de la maison où il s'était glissé un bout temps, et sa femme après ; elle s'apprêtait à préparer le feu pour le petit déjeuner et à balayer la cour. Elle glissa poliment un petit "mboté" bonjour, le visage souriant. Papa lui rendit son bonjour et son sourire, en se présentant par la même occasion.

Papa ne semblait pas être le seul à passer par cette famille. Beaucoup d'autres centrafricains y semblent avoir fait escale, avant de se rendre au HCR. C'était en quelque sorte une maison de transit ou d'accueil temporaire de réfugiés, apparemment à cause du fait que la maison de cet pêcheur n'était pas loin du fleuve.

A 8 heures, papa était conduit vers le bureau du HCR où un tas de questions lui furent posées par le département de la protection du HCR. Il donna son identité. Papa était un colonel de l'armée nationale, proche du président Sokpa déchu. Il avait œuvré et avait beaucoup soutenu le régime tombé. Et pour lui, ce changement était un grand choc.

Il fut accepté comme réfugié politique et devait regagner le camp réservé aux réfugiés militaires, lequel était soigneusement gardé par les forces armées congolaises, FARDC. Le camp était à plus d'une quinzaine de kilomètres de Zongo, séparé de celui des civils réfugiés.

Papa y retrouva ses vieux amis, la plupart, proches de l'ethnie Yaki. Alors, ils se mirent à discuter sur le coup d'Etat manqué, sur tout et rien. Ils lui posèrent la question de savoir si sa famille allait bien. Il répondit qu'il n'avait plus de nos nouvelles depuis notre départ pour le quatrième arrondissement.

A l'entrée du camp, les FARDC veillaient au grain. Ils inspectaient continuellement le site et avaient tout le monde à l'œil. Papa et les autres commençaient à passer en revue ce qui s'était passé, le pourquoi du coup d'Etat manqué. Ils accusaient la coordination des opérations et fustigeaient le leader de ce coup d'Etat qui ne s´était pas donné tous les moyens nécessaires à la réussite de ce dernier.

Les militaires Yaki voulaient revenir à la charge, après dix ans de pouvoir. Ils croyaient créer une dynastie qui s'éterniserait dans le temps et dans l'espace. Mais, le sort en avait décidé autrement : les premières élections démocratiques de 1993 donnèrent la victoire à Kota. Et ainsi tout cet ordre dynastique s'écroula. Une nouvelle ère avait sonné.

Un nouveau régime, une nouvelle équipe ; une nouvelle classe de copains et copines, concubins, un nouveau village était investi. Et tout ce qui existait fut balayé d´un revers la main.

Cette situation n'arrangeait pas nos parents Yaki, assoiffés de pouvoir. Ils orchestrèrent mutineries sur mutineries, afin de destituer le régime en place.

Le fait d´être en situation de réfugiés n'enleva rien à leur volonté de revenir au pouvoir. Sur le site, ils réfléchissaient régulièrement sur la manière de monter un nouveau coup d'Etat...

Des communiqués radiophoniques étaient diffusés sur les ondes, demandant à tous les militaires déserteurs de regagner leurs casernes respectives au risque d´être radiés de l'armée ; cela concernait spécialement les militaires qui avaient soutenu le coup d'Etat manqué.

Papa n'avait pas d'excuses à donner, le désir de retrouver sa famille le hantait.

Or, cette nouvelle n'enchantait pas tout le monde. Plusieurs autres déserteurs décidèrent de rester dans les camps de réfugiés pour continuer la lutte. Ils voulaient constituer une rébellion plus importante pour renverser Kota. Tous les amis de mon père voyaient déjà l'avenir dans ce sens, revenir occuper de hauts postes de responsabilités, avancer en grade ; certains pensaient déjà au ministère de la défense, de l'intérieur et de la sécurité publique, ainsi que l'État-major de l'armée.

De fait, papa réfléchissait aux moyens de regagner le pays. Entre-temps, les FARDC succombèrent à un moment donné à l'appât du gain : ils laissaient sortir les réfugiés en contre quelques pièces d'argent. Ils descendaient se distraire dans les bistrots de Zongo, en compagnie de jeunes filles congolaises qui adoraient le franc CFA.

Papa qui jusqu'alors s'était mis loin de cette histoire, ne trouva une autre issue pour s'évader. Il prit la même voie et se rendit un samedi soir à Zongo avec certains de ses collègues. Ils entrèrent dans un bistrot et commandèrent de la bière, du yabanda fait avec du poisson fumé…

Papa portait un jean délavé, un t-shirt bleu foncé et une paire de basketball de marque Nike. Mesurant 1.80 m, il était grand de taille et était fort et musclé. Il aimait la classe et les belles femmes.

Dans le bistrot où ils se trouvaient, il y avait également de jeunes filles congolaises qui disputaient le championnat « courir derrière les hommes ». Toutes observaient ses nouveaux venus.

La musique "Apologize" du noir américain Timberland jouait. Mon père monta sur la piste pour danser. Il exécutait de légers pas de danses circulaires, accentuées de mouvements d'ensemble. Les bras ouverts horizontalement, la tête levée, il projeta deux pas en avant, un pas en arrière, rythmée par la cadence. D'un instant à l'autre, les congolaises envahirent la piste ; visiblement pour draguer ces militaires. Elles rapprochèrent petit à petit de mon père qui jusqu'à lors, était seul sur la piste.

Séduit par les charmes de ces jeunes filles congolaises âgées de 16 à 22 ans, papa devait faire un choix. Il les scruta du regard, penché sur la forme et la beauté. Finalement, il choisit une fille Sèpêlè « mince », couleur café au lait, belle de figure, faisant 1.70 qu'il invita à danser. En ce moment, le DJ décida de changer de rythme et opta pour la Rumba congolaise, Ikéa, BB goût, des titres de l'artiste Koffi Olomidé.

Les autres amis de mon père le suivirent sur la piste et chacune des filles avait trouvé une compagnie. De la musique emplissait la salle, la bière coulait à flot.

La soirée se termina dans les motels de la place.

Cette même nuit vers 22 heures, mon père appela son ami pêcheur sur le téléphone de sa copine Doris, qui vint le chercher une heure après. Ils regagnèrent tous deux la rive ; l'ami fit de son mieux et organisa le retour de mon père à Bangui.

Chapitre VI

J e dormais profondément sur des tas de carton posés à même le sol, après une longue journée de jeux et de bavardages avec les enfants des voisins. Ces jeux constituaient un refuge pour moi, afin d'oublier le poids de la vie, de ma souffrance et de la solitude qui m'écrasaient. Souvent, j'allais manger chez les voisins ou j'allais avec leurs enfants pêcher de petits poissons dans les cours d'eau qui se jettent dans le fleuve Oubangui, histoire de se mettre quelque chose sous la dent. Aussi, je me rendais chez ma grand-mère qui me donnait régulièrement de petites provisions de riz, huile, de sucre, de haricots etc.

Vers quatre heures du matin, papa fit son entrée dans la maison; il regarda un petit corps endormi seul dans la fraîcheur de l'aube. Sans me réveiller, il fouilla la maison du regard et ne trouva personne d'autre. Il vit que tout avait été volé, mêmes les câbles électriques. Il s'adossa contre le mur et essayait de donner une explication par rapport à l'absence des autres. Où étaient-elles passées ? Il se disait que maman et ma sœur seraient chez la grand-mère. Mais cette hypothèse ne tenait pas, car maman ne pouvait pas me laisser à seul à la maison. Ses yeux rougissaient au fur et mesure que son raisonnement ne tenait pas. Il me laissa néanmoins continuer à dormir.

A mon réveil, je l'aperçus toujours assis au sol, le dos contre le mur. A cet instant, il courut m'envelopper dans ses bras, de grosses larmes coulaient de ses yeux. Il me demanda directement :

-Où sont les autres ?

Je fondis aussi en larmes et répondis tristement : maman est morte et Audrey est avec la grand-mère.

J'avais l'impression que tout bougeait autour de nous : papa se jeta à terre et pleura de toutes ses forces. Je ne l'avais jamais vu dans un tel état. Sa peine était lourde ! Il se reprochait de nous avoir abandonnés. Il croyait à peine que je pouvais supporter tout cela et dormir seul dans une si grande maison. Il m'observa silencieusement, voulant s'assurer que j'allais bien.

Le jour était levé, papa m'envoya lui chercher de l'eau pour se laver et le petit déjeuner ; il ne pouvait sortir dehors de crainte d'être vu par les gens qui pouvaient aller le trahir aux forces de l'ordre et de sécurité. Il m'interdit de parler de son arrivée à quiconque. Il se lava et nous prîmes silencieusement le petit déjeuner. Nous nous mîmes à arranger et à nettoyer la maison. Nous passâmes toute la journée à nous poser des questions tout en racontant de petites histoires. Apres avoir déjeuné à midi et nous fîmes la sieste ensemble dans la chambre des parents.

A 18 heures, il décida d'aller faire un tour chez ma grand-mère. Je voulais l'accompagner mais il refusa, de crainte de perdre trop de temps. Une fois arrivé, il retrouva la grand-mère, ma petite sœur et certains de nos oncles au salon entrain de causer. Son entrée suscita la colère de tout le monde et grand-mère lui reprocha d'avoir tué sa fille et d'avoir abandonné ses petits-fils. Papa n'avait pas de mots pour la consoler ni pour exprimer le choc que la mort de maman lui avait causé. Il encaissa les reproches et les injures de mes oncles. Il s'excusa et expliqua pourquoi il nous avait laissés partir au quatrième arrondissement.

A la fin, il dit à ma grand-mère de garder ma sœur, car il devait se rendre à sa base pour le contrôle annoncé. Mes oncles ainsi que ma grand-mère lui déconseillèrent cela, en raison des tortures, des enlèvements et des assassinats subis par les déserteurs. Mais papa répliqua qu'il ne pouvait pas se cacher éternellement…

Il revint à la maison et m'annonça sa décision. Je fis de grands soupirs et me rassit furieusement. Alors, il prit le temps de m'expliquer sa décision. Selon lui, s'il ne le faisait pas, il serait arrêté et sa situation se compliquerait. Il me remit un peu d'argent, me serra dans ses bras. Il m'assura qu'il reviendra et que tout redeviendra normal. Puis il entra dans sa chambre et me dit d'être prudent. Aussi, il me suggéra d'aller chercher de ses nouvelles au niveau de son bataillon si par hasard il ne rentrait pas tôt à la maison. De plus, il me conseilla de regagner ma grand-mère et de laisser l'un de mes oncles occuper la maison après lui.

Cette nuit, je fus saisis d'un grand découragement. Comment pouvait-il nous abandonner une fois de plus? Finalement, je décidai d'aller me coucher. Une petite lampe éclairait la chambre et celle-ci ne présentait aucun signe de vie. Sur la natte qui me servait de lit, je me pliais sous un vieux drap et recommençai à pleurer. De sa chambre, papa entendit mes pleurs et vint dormir avec moi. Il fit de son mieux pour me consoler, en me parlant des épreuves de la vie devant lesquelles nous ne devrions pas courber l'échine. Je pus me consoler, car j'évitais de lui faire plus mal.

Le lendemain matin, il partit pour sa base où il se fit enregistrer et expliqua à ses supérieurs pourquoi il avait déserté. Il donna comme raison que tous les anciens militaires de la garde rapprochés du président Sokpa déchu étaient automatiquement ciblés, même si eux tous n'avaient pas pris part au coup d'Etat manqué. Donc, il ne pouvait risquer sa peau, en restant dans le pays.

Cet argument ne les avait pas convaincus; il ne pouvait pas craindre pour sa vie s'il n'avait rien fait de mal, lui rétorquèrent les autorités. Pourquoi fuir le pays pendant les trois mois qui ont suivi le coup d'Etat et espérer justifier son acte par la peur d'être traqué en raison de son ethnie, de ses liens avec le régime? Mon père n'était pas vraiment en bonne posture, de même que les autres déserteurs retournés. Il fut arrêté sur le champ emprisonné au niveau de sa base. L'information fut remontée au niveau de l'État-major de l'armée qui décida de l'envoyer dans une prison tenue secrète pour ces cas ; un endroit invivable…

Dès son entrée, papa comprit que les conditions de détention étaient inhumaines et dégradantes dans cette prison. Et un codétenu assis juste à côté de la porte d'entrée lui souhaita de façon ironique la bienvenue. Il mit sa main au nez pour éviter les odeurs nauséabondes. Mais comme cela ne suffisait pas, il se mit à vomir et à transpirer fortement.

De plus, un autre codétenu lui fit remarquer que les gens y étaient enlevés à n'importe quel moment toutes les nuits. Par conséquent chacun priait pour ne pas être la prochaine victime. La psychose s'empara de tous, et la vie oscillait entre la peur et la mort.

Papa secoua négativement sa tête et s'assit contre le mur d'une petite pièce rectangulaire contenant plus de cinq personnes. A soixante centimètres d'où il était assis, se trouvait un trou plein de cacas et de vomissures sur lequel étaient exposés des cafards, des mouches, des asticots, des punaises, et qui puaient énormément. A la vue de tout cela, papa n´eut d´autre envie que de cracher son intestin, mais avait besoin de garder le moral dans cette situation. La nourriture était apportée trois fois la semaine et les plats étaient dégueulasses, immangeables.

La même nuit où papa intégra la prison, un homme fut enlevé. Quand les gardes le trimbalèrent dehors, il pleura comme une grosse truie et réveilla toute la prison. Il supplia vainement les gardes, disant mélancoliquement : « ne me tuez pas, mes enfants ont besoin de moi ; je vous en supplie lâchez moi »...

Au vu de tout cela, papa perdit tout courage, tout espoir ; il avait le moral bas et regretta amèrement son choix de se rendre volontairement.

Ah, cette nation était à la dérive. Avoir le népotisme, les clivages ethnico-politiques comme outil de gouvernance d'une nation, c'est comme une terre assise sur le volcan. Et quand le somme de l'état est gagné par le manque d'esprit patriotique, il en résulte une décadence dont la seule victime est le peuple.

Personne ne pouvait connaitre le sort de cet homme enlevé. Il arrivait que les prisonniers aient envie de se suicider face aux souffrances. Et mon père n'était pas une exception. En effet ce soir-là, l'idée de se suicider lui vint à l'esprit. Il dégoûta tout et regretta de s'engager dans l'armée. Il se disait intérieurement que cette nation centrafricaine était socialement en déconfiture, un vrai enfer.

Chapitre VII

J e m'ennuyais à la maison ! La solitude me pesait et j'étais tout le temps angoissé. Après deux semaines, je décidai de me rendre au camp Béal, pour avoir des nouvelles de mon père. Une dame au niveau du secrétariat qui connaissait mon père me dit qu'il n'était plus au niveau du camp mais qu'il avait été transféré dans un lieu de détention pour les militaires et dont l'accès était strictement interdit aux corps étrangers. Elle me rassura cependant que mon père allait bien.

En sortant, elle me glissa un bout de papier avec le nom et le numéro d'un sergent-chef, Bonafi, affecté dans cette prison; elle me siffla à l´oreille que cet homme pouvait m'aider à avoir les nouvelles de mon père. De même, elle me dit où me rendre pour rencontrer ce sergent.

Je me rendis le lendemain à l'endroit indiqué. Seuls les militaires y passaient et le coin était très calme. A quelques mètres, des soldats étaient en faction et montait sérieusement à la garde. De loin, l'un d'eux me fit signe de quitter les lieux; mais cela ne m´effraya guère. J'avançais à petits pas vers sa direction, avec l'air de me justifier. Il me laissa approcher et me posa la question de savoir ce que je cherchais. Je lui dis que je cherchais le sergent-chef Bonafi. Elle me dit pourquoi ? Je ne lui répondis pas. Elle continua, est-ce ton père ? Je lui répondis par la positive.

Elle m'indiqua un poste de contrôle; je m'y rendis et demandai le sergent-chef Bonafi. Il sursauta et me regarda d'un air surpris, du genre, « on se connait ? » Avant de me demander ce qui m'amenait là-bas ?

Je lui répondis que je cherchais des nouvelles de mon père, le colonel Yambi.

- Et qui t'a donné mon nom, me demanda-t-il ?

Je restais silencieux et baissa la tête, pour esquiver son regard foudroyant. Une dame grossière qui nous écoutait me lança : petit bonhomme, sache qu'ici n'est pas un hôpital pour te balader. Le sergent-chef Bonafi se gratta la tête, m'emmena dans un coin un peu à l'écart. Il me gronda et me demanda pourquoi je prenais un tel risque. Ici l'accès est interdit, me dit-il.

Je lui dis que je venais chercher les nouvelles de mon père. Il me raconta que mon père était son formateur et qu'il avait beaucoup d'estime pour lui ; mais que la situation dans laquelle il se trouvait était au-dessus de ses moyens. Il me dit que c'était l'enfer là-bas et que seul le pouvoir ou le régime en place pouvait décider de la vie ou de la mort de quelqu'un. Il n'y avait pas de justice pour les faibles, tout était corrompu, influencé par le pouvoir.

Ainsi, il me dit qu'il ne pouvait rien me promettre mais qu'il allait faire quelque chose pour aider mon père.

Les larmes coulaient de mon visage et j'étais tout abattu. Il me saisit par la main et me conduisit vers la sortie.

-Tu es très courageux et je suis fier de toi. Tu fais vraiment ce qui est au-dessus de ton âge. Il m'embrassa, me donna un peu d'argent et me dit de rentrer.

Je rentrais à la maison la tête pleine d'interrogations. Qu'est-ce qui a pu arriver à mon père ? Si on le tuait, qu'allons-nous devenir ? Le tableau que je me représentais était tout noir. Si papa ne devait plus revenir, nous allons devoir aller dormir avec notre grand-mère, ou chez nos oncles maternels.

Je rentrai dans la chambre et pleurai à l'idée que la situation de mon père pourrait s'aggraver. En ce temps, j'avais besoin de ma mère, pour me soutenir, me consoler ; mais elle n'était plus là. Le vide m'entourait.

Le lendemain, je me rendis chez ma grand-mère pour lui expliquer la situation de mon père. Certains de mes oncles qui étaient là acceptèrent de se mobiliser pour porter secours à mon père. Entre temps, je leur remis le numéro du sergent qui m'avait parlé et qui m'avait dit que le chef d'État-major était le frère d'arme de mon père. Il s'agissait du général de Mafouta.

Ils appelèrent le sergent au téléphone et lui demandèrent de les mettre en contact avec le chef d'État-major. Mes oncles et la grand-mère voulurent aller rencontrer le chef de l'État-major. Mais le sergent-chef Bonafi nous déconseilla de nous rendre d'emblée chez lui. Lui-même, qui était un proche parent du chef de l'État-major, allait d'abord rendre visite à ce dernier et nous dira ce que nous pourrions faire après.

Cette démarche nous donnait un peu plus d'espoir de pouvoir libérer notre papa. Un samedi après-midi, le sergent-chef se rendit chez le général Mafouta. Il lui exposa la situation de mon père, son frère d'arme. Le général lui fit savoir qu'il était informé de sa situation et était en train de réfléchir sur la façon de lui venir en aide. Ainsi, il dit au sergent-chef qu'il voulait négocier la libération de mon père auprès du président de la République. Nous étions vraiment suspendus à l'évolution de cette situation.

Une nuit, mon père fut saisi par deux gardes de la prison qui le traînèrent dehors. Il crut ce jour que tout était fini pour lui ; il allait mourir comme les autres. Ses amis de prison se lamentèrent à son sujet, croyant que mon père serait assassiné. Mon père supplia ces gardes de ne pas lui ôter la vie, car il a ses enfants qui avaient besoin de lui. Il tremblait et s'agitait, espérant trouver une issue de délivrance, du salut. Ces gardes lui dirent : « ne craignez rien colonel ; nous n'allons pas vous faire du mal ; le général Mafouta a besoin de vous ». Sur ces paroles, mon père se calma. Il poussa un soupir profond. Ils lui firent changer d'habits et le transportèrent à bord d'une jeep. Ils entrèrent dans la concession du général vers 21 heures environ et papa reconnut aussitôt l'endroit ; c'était bien la maison du général.

On le fit assoir sous la paillotte du général, accompagné des deux autres gardes qui remplacèrent les premiers ; il s'agissait des gardes de corps du général.

Après une quinzaine de minutes, le général fit son apparition. Il salua mon père d'un air amical et lui dit de se rassoir. Il ordonna à ses gardes corps de les laisser seuls. Le général commença par demander des nouvelles de sa famille avant d'entrer directement dans le vif du sujet. Le général Mafouta regretta les agissements des militaires Yaki et surtout l'engagement de mon père dans une telle histoire. Il lui reprocha vivement cela, disant qu'un esprit éclairé ne devait pas se laisser influencer par des idéologies ethniques, racistes consistant à déstabiliser le pays. Il lui parla de l'intervention du sergent-chef Bonafi qui avait demandé sa libération. Aussi, fit-il allusion aux liens qui les unissaient depuis leur entrée dans l'armée. Papa était resté cloué au fauteuil tout en reconnaissant gouffre antipatriotique dans lequel il était plongé. Le général lui dit qu'il était libre, mais qu'il ne devait pas quitter ni avoir de contacts avec les autres militaires rebelles.

Ce qui dommage et ridicule chez le centrafricain, c'est qu'il se ligue facilement avec les puissances étrangères pour détruire son pays. Les cinq décennies de crise que nous avons connues prouvent à quel point nous pouvons être naïfs, facilement manipulables, incapables d'utiliser nos têtes pour résoudre nos problèmes. Il n'y a jamais eu de leader politique qui s'est sacrifié pour cette nation, à part peut-être le président fondateur, prématurément assassiné.

Le plus grand crime contre l'humanité, c'est d'avoir une nation dont les sujets et les richesses asservissent les désirs d'une poignée d'individus, corrompus, criminels, sauvages. Tout ce qui ne sert pas l'intérêt commun ne dure jamais devant les épreuves du temps : le népotisme, le clanisme, le régionalisme et tout, ne pourront jamais tenir face à la volonté d'une masse soucieuse, désireuse d'un avenir meilleur...

Chapitre VIII

La libération de mon père constituait un grand ouf de soulagement pour toute la famille. Papa regagna la maison et nous récupéra chez notre grand-mère. Le premier jour, nous observâmes quelques minutes de silence à l'endroit de notre mère défunte. Après, papa essaya et voulut que nous recommencions à zéro, tourner la page du passé. Mais comment arriver à oublier facilement le passé qui a englouti notre mère ? Nous étions plus attachés à maman qu'à lui qui, de temps en temps, passait des jours entiers en dehors de la maison, pour des raisons de travail...

Par ailleurs, il avait aussi d'autres enfants issus de sa relation avec sa première femme Agate. C`est la rencontre avec ma mère qui avait mis fin à cette relation. On savait très bien, notre mère et nous, qu'il passait son temps avec d´autres femmes. Donc il nous mentait.

Quelques mois plus tard, on le réintégra dans ses fonctions grâce au soutien du chef d'État-major. Mais, cette nouvelle avait déplu à ses collègues déserteurs qui étaient restés dans les camps de réfugiés. Ils l'avaient traité de traitre, de poule mouillée. Toutefois, tout ce que son père voulait était d´être près de sa famille et reprendre une vie normale.

Il en avait assez de devoir se cacher, de la vie du refugié avec son grade de colonel, lui, un officier. On reprenait ainsi petit à petit notre vie en main.

Quand notre père reprit le travail, ma sœur et moi remarquâmes après un certain temps, qu'il devenait irrégulier à la maison. En effet, il avait renoué avec son ex Agate avec il avait les autres enfants. Il nous laissait de l'argent pour la nourriture, et passait une nuit sur deux à la maison. Nous lui posions la question de savoir comment il pouvait agir de la sorte, tourner la page de notre mère si facilement ? Il bredouillait souvent des réponses, parfois esquivait la question.

Les autres militaires déserteurs qui restaient dans le camp de refugié n'avaient aucunement pas changé de vision. Ils quittèrent progressivement le camp et regagnèrent le nord de la Centrafrique, où ils constituèrent une forte rébellion dénommée Zakawa, les « libérateurs ». Certains d'entre eux était restés au Congo comme avant-garde de tous les mouvements de déstabilisation du pays.

Cette rébellion reçut le soutien de certaines puissances étrangères hostiles au régime en place. Le 21 septembre 2001, une offensive militaire était encore lancée pour déposer Kota. Elle était en grande partie menée par l'équipe restante des déserteurs du Congo, ainsi qu'une autre partie venant du nord et qui avait pu infiltrer secrètement Bangui.

Les milices venant de Zongo et celles de certaines provinces prirent le contrôle de la radio nationale et de certains quartiers de la ville de Bangui. Toute la ville était en panique, pendant que le président Kota était coincé au niveau de sa résidence, où toute sa garde rapprochée et les militaires loyalistes étaient retranchés.

Mon père se trouvait ce jour-là à Pétévo, un quartier conquis par les milices rebelles. Or, les collègues qu'il avait lâchés progressaient de ce côté-là, lourdement armés. Ainsi, mon père chercha à quitter si vite que possible quartier. Il ne pouvait descendre directement vers le centre où les rebelles avaient pris le contrôle de la radio nationale. Il monta donc vers le centre abattoir situé à proximité du fleuve Oubangui pour gagner un port non loin du coin. Il eut encore le réflexe de fuir et de retourner au Congo.

Malheur ! Il tomba entre les mains des milices rebelles qui occupaient tout le long de du fleuve; ceux qu'il avait abandonnés le saisirent furieusement et commencèrent à le questionner :

-Où vas-tu ?

-Je me rends à Zongo.

-A Zongo où tu nous avait abandonnés, sale traitre ?

Sur le champ, ils le mirent à genoux et lui donnèrent des coups de crosse. Papa saignait et avait le visage déformé à cause des coups. Ils se demandaient s'ils devaient le tuer ou le laisser partir.

Ironiquement, ils lui trouvèrent une pirogue accostée au niveau du petit port dans lequel il embarqua. Ils le laissèrent donc passer. Papa ramait de toutes ses forces, transpirait et soupirait profondément, cherchant à sauver sa vie. Mais arrivé au milieu du fleuve, un coup de fusil retentit ; papa venait de se faire abattre. Il lâcha sa rame, tomba dans l'eau et se noya…

Les forces loyalistes arrivèrent à repousser les milices rebelles, reprirent le contrôle de la ville et de la radio. Ce coup d'Etat manqua à nouveau grâce au soutien des mercenaires congolais appelés Banyamoulengué, qui étaient venus au secours de Kota.

La nouvelle de la mort de mon père arriva chez notre belle mère quelques jours après. Elle alla fouiller le fleuve au lieu indiqué afin de retrouver le corps. Elle y passa trois jours, sans succès. Mais cela ne la découragea point. Elle étendit le champ de sa recherche, de plus en plus en plus en aval, au nord-sud de Bangui.

Or, le corps avait été repêché par un pêcheur dont le filet l´avait attrapé. Le pêcheur enleva le cadavre de son filet et l'enterra avec l'aide de ses coéquipiers, juste au bord du fleuve, à moins d'un mètre de profondeur, vu qu´il était assez décomposé. Les indices donnés par les pêcheurs, par rapport à l'habillement, les chaussures, le bracelet, identifiaient le corps et rassurèrent la belle-mère.

Je fus informé plus tard de la mort de papa par ma grand-mère, qui, bien avant la nouvelle de la mort de mon père, avait récupéré ma sœur. Elle craignait que je fasse une crise, sombre dans le malheur. Je restai cloué au mur, étranglé par les sanglots. Je pensais que tout était fini pour moi, que je n'avais plus raison de vivre…

Ma grand-mère comprit ma douleur, me saisit dans ses bras sans dire un mot. Elle me laissa pleurer tout mon soul et enfin, commença à me consoler. Après, elle décida de me prendre avec elle. Je refusai son offre, décidant de prendre soin des biens de nos parents disparus. Elle n'avait jamais aimé mon attitude rebelle, têtue. Alors que la vie venait de nous arracher tous ceux qui nous étaient chers, nous devrions désormais compter sur l'affection de la famille élargie, pour combler le manque d'affection parentale, indispensable à notre épanouissement. Mais je pensais que rien ne pouvait jamais remplacer nos parents biologiques.

Chapitre IX

Le groupe de bandes armées venu du Congo voisin prêter main forte à Kota le sauva d'une situation périlleuse. En effet, les rebelles qui étaient actifs dans le nord du pays et qui comptaient venir prendre la capitale avaient été stoppés et rebroussèrent chemin. Le président Kota avait donné tout le pouvoir et des moyens nécessaires aux Banyamoulengué pour stopper l'avancée des rebelles. De ce fait, ils furent placés en tête des régiments et des brigades d'intervention, reléguant ainsi les militaires loyalistes au second rang. Désormais, les loyalistes ne servaient qu'à la localisation des ennemis. Tous les combats étaient être désormais dirigés et commandés par les Banyamoulengué.

Cette nouvelle donne donna l'avantage à Kota qui fit repousser au loin les rebelles. Or, les privilèges et le pouvoir accordés aux Banyamoulengué furent d'eux des maîtres incontestables, des demi-dieux. Ils marchèrent sur les villes provinciales en guerriers redoutables, sans pitié. Ils furent cruels, semant la mort sur leur passage. Ils n'avaient de compte à rendre à personne et imposèrent leur dicta aux populations soumises. Comment cela pouvait-il être acceptable? La honte d'une nation médiocre, folle. Une nation qui n'at été dirigée depuis longtemps que par des gouvernants étroits d'esprit.

La ville de Bangui ainsi que les villes provinciales furent envahies. Je vivais dans cette atmosphère maussade, sans avenir. Je devais sortir dans la rue tous les jours pour avoir mon pain quotidien. A un moment donné, je ne pouvais plus me promener dehors, à cause des agitations des Banyamoulengué qui tuèrent, violèrent et pillèrent sans cesse. Ils enrôlaient également, de gré ou de force, des enfants et certains adultes. Je compris que ma vie était plus que jamais en danger. Je me refugiais dans la maison sans nourriture ni quelqu'un avec qui parler. J'étais dégoûté de ma vie qui semblait basculer dans un rêve, alors que je nageais dans une réalité sans égal, au point où je préférais la mort à la vie. La faim me torturait, et je ne pouvais pas rester planqué à la maison sans rien à manger.

Je pris courage et je me faufilai dans les quartiers de la capitale, observant les patrouilles actives des Banyamoulengué qui firent ériger partout des barrières. Un jour, voulant emprunter la rue qui longe la grande avenue, je vis un groupe de miliciens Banyamoulengué qui avait rassembla six personnes dont une femme et une fille d'au moins 14 ans au pied d'un grand teck. Ils se disputaient au sujet de la femme et de la fille. Quatre hommes arrêtés avec cette femme et cette fille s'opposaient aux intentions de ces Banyamoulengué de les violer. Cette opposition leur couta la vie. En effet, ces miliciens Banyamoulengué ne trouvèrent pas mieux que de leur tirer dessus. Après cela, ils se saisirent de cette femme et de la fille qu'ils violèrent.

La jeune fille semblait évanouie. Elle perdait du sang en grande quantité au niveau de son sexe. Elle pleurait sans cesse. Et personne n'était là pour la secourir. Je me retirais promptement d'où j'observais la scène, pour me glisser dans le marché central aux fins de ramasser certains produits abandonnés par les marchandes.

Je remarquai que les milices Banyamoulengué étaient là aussi. Quelques-uns étaient en faction pour sécuriser le périmètre du marché, tandis que les autres se livrèrent au pillage des grands magasins de la place. Ils vidèrent ces lieux de leurs objets et les firent embarquer immédiatement dans des véhicules de l'armée qui leur furent confiés. Les produits qu'ils pillaient étaient entre autres, des ordinateurs portables, des réfrigérateurs, des motos, des sacs de riz, de sucre, de l'huile, des kilos de viandes, des appareils électroménagers…

Je rebroussai chemin, cherchant à regagner la maison. Je rentrai en titubant sous l'effet de la faim et de la fatigue. Ce jour-là, le soleil ne donna pas de son éclat, tout était triste. Je voyais dans toute la ville la présence des Banyamoulengué, qui se livraient essentiellement aux pillages et au viol des femmes ainsi que des enfants. Je remarquai que ces véhicules chargés de butins se dirigeaient automatiquement vers le grand port en amont, pour embarquer en direction du Congo.

Je ne comprenais pas pourquoi le gouvernement ne réagissait pas face aux actes sauvages et barbares que perpétraient les Banyamoulengué. Est-ce vraiment de cette manière que Kota devrait traiter son peuple ? Il nous livra à la barbarie des étrangers, nos mamans et nos sœurs étaient violées sous nos yeux, dans le seul but de sauver son pouvoir. Donc il était capable de tuer tout le monde, à condition que son fauteuil présidentiel fût préservé. Kota n'avait aucun égard pour les personnes massacrées quotidiennement.

Le pays devint ingouvernable ; toutes les forces de défense nationale furent mises en quarantaine. Je marchai, pensif et observant la montée de la cruauté. Kota perdit peu à peu le soutien des forces loyalistes. Ces derniers commençaient à comprendre la grave erreur qu'ils avaient commise en massacrant les populations, afin de sauver un régime pervers. Ils s'alignèrent derrière les populations civiles pour stopper les massacres des Banyamoulengué. Ces derniers ne faisaient plus de distinction entre les ethnies ou les milices loyalistes ou rebelles. Ils tiraient sur tout ce qui se présentait devant eux. Ainsi, les loyalistes s'interposèrent entre les Banyamoulengué et les populations. Mais, ils ne pouvaient résister assez longtemps, car il leur manquait sérieusement des moyens de combat ; et ce qu'ils possédaient étaient nettement inférieur aux moyens de combat des Banyamoulengué.

Kota décida d'éliminer également les loyalistes déserteurs, lesquels se ralliaient soit aux rebelles, soit aux populations. Et cet ordre donné par Kota aggrava la situation, parce qu'il devint difficile pour les Banyamoulengué de faire la part des choses. Dans un combat qui opposait les loyalistes aux Banyamoulengué, toute la ville était en débandade à cause des tirs nourris des Banyamoulengué. Des loyalistes et certains habitants de la ville fuirent et se refugièrent dans la colline Gbazoubangui. Je rejoignais moi aussi le groupe de loyalistes, surpris que j'étais par cette nouvelle donne. Et nous passâmes la nuit sur la colline. Là, nous avons découvert une grande fosse remplie de cadavres qui puaient intensément. Il s'agissait de centaines de cadavres, des soldats loyalistes et de certaines personnes proches de l'opposition, que Kota éliminait discrètement avec l'aide des Banyamoulengué, mais surtout de sa garde rapprochée. De ce fait, mes nouveaux amis et moi ne pouvions plus rester sur la colline. Nous devions quitter les lieux le plus vite possible.

Le capitaine Neya, l'un des loyalistes réfractaires, organisait notre départ des lieux. Il eut l'idée que lui et les autres loyalistes ne devaient pas garder leurs tenues militaires, de crainte d'être repérées au sortir de la colline. Alors ils prirent le soin de s'en débarrasser, en mettant des tenues civiles. Ils cachèrent les tenues dans un trou creusé. Neya nous entraina vers la sortie de la colline. A peine avions nous fait quelques pas vers la sortie qu'une attaque soudaine des Banyamoulengué nous embrasa tous. Ces derniers avaient en effet encerclé les lieux. Ils savaient que nous-nous étions retranchés là. Notre sort était scellé. Personne ne pouvait se sauver. La mort était certaine. Ainsi, ils tuèrent Neya et tous ses amis, sauf moi qui étais visiblement un enfant.

Je fus embarqué dans le véhicule des Banyamoulengué. Ils m'emmenèrent au centre-ville où ils avaient monté leur base. De ce fait, je devenais un enfant soldat. On me donna une tenue militaire sale, trop grande pour moi. Je me l'étais mise sans désobéir. Ensuite, je ne savais pas vraiment ce qui allait se passer.

Un lieutenant Banyamoulengué me dit que je devais subir les premières brimades. En effet, on organisait mon baptême de feu. Ils commencèrent à m'injecter de la drogue. Un grand feu fut improvisé. On me poussa au centre du feu où je reçus des coups de grosse et de ceinturons. Des tirs à balles réelles sifflaient partout. Cela devait m'ôter la peur. Sous le coup de ces tirs, je pissais dans mes habits et je tremblais terriblement. Les autres enfants soldats se moquaient de moi et me traitaient de femmelette. Une forte dose de drogue me fut administrée à nouveau. Cela me saoulait et je m'évanouissais, ne pouvant pas supporter la dose. Je tombai accroupi au sol.

Le son des armes reprenait de plus belle, de sorte toute que la population était effrayée. Après, ils ont cherché à savoir si j'étais prêt pour le front. Donc je devais subir une épreuve de sang. Je devais apprendre à tuer, à tuer sans hésiter. Un nouveau style de vie me fut imposé. Qui devais-je tuer ? Mes compatriotes centrafricains certainement ; des femmes, des enfants et des hommes innocents. La vie du peuple centrafricain bascula dans le mal. Tout baignait dans une impunité totale.

Après mon baptême de feu, on me fit conduire au quartier Lakouanga pour mon premier test. Nous fûmes notre entrée dans une maison occupée par sept personnes : le mari, la femme et les enfants. Le lieutenant Moutoume disait qu'ils étaient à moi et que je devais les tuer tous. Avant cela, ils se saisirent de la femme et de ses deux filles qu'ils violèrent. On me demanda de commencer avec le mari ensuite et ses trois garçons. Je les étalais au sol pour leur tirer dessus, quand le lieutenant me stoppa et me dit de ne pas procéder de la sorte. Il extirpa son couteau qu'il me passa, disant que je devais leur couper la tête. Ils furent ligotés. Je mettais le couteau à la gorge du papa. Je lui tins la tête et commençai à l'égorger. Il était plus fort que moi. Il se débattait tellement que j'avais de la peine à lui couper la tête. Mais je fus aidé par les autres qui le saisirent pour me faciliter la tâche. Je lui coupai donc la tête qui était tombée sous mes pieds et roulait au sol. Cela m'effraya et me fit reculer en sursautant.

Les têtes de ses deux autres enfants furent coupées aussi. Et en ce qui concerne le dernier garçon, je devais lui arracher le cœur. Donc il me fallait lui ouvrir le ventre. Je pris le couteau, cherchant à l'éventrer, sans pouvoir le faire, vu que manquais du courage après les premiers actes posés. La tâche fut confiée à un autre jeune enfant soldat, qui l´exécuta sans problème. Je comprenais que cette nouvelle vie n'était pas la mienne et qu'il fallait tout faire pour m´en échapper…

Cela me transformait peu à peu en un monstre. Je devins plus actif dans le groupe et commençais à sillonner les villes avec eux. Je constatais que beaucoup de crimes étaient commis. Nous arrivâmes dans une ville provinciale pas loin de la capitale. Là, se trouvait une église catholique. On nous ordonna de saisir les prêtres et de les ligoter. Le lieutenant me demanda à nouveau de tuer ces pauvres personnes. Ainsi, on me donna un bidon de cinq litres d'essence que je versai sur eux avant de mettre le feu. Ils en brûlèrent vifs, et ceux qui essayaient d'en sortir furent fusillés.

On ordonna le pillage de cette localité .Cela fut fait mais je n'étais pas toujours d'accord avec les autres pour les crimes. Un jour, je m'étais bagarré sauvagement avec un jeune, qui a arraché le cœur d'une petite fille qu'il avait d'abord violée. Je fus puni pour m'être opposé à cela. On me mit au fond d'un trou sombre où je passai deux jours sans manger. Je me révoltai et commençais à dégouter de cette vie. Mais il n'y avait aucune possibilité pour moi de m'en soustraire, car j'étais tenu à l'œil.

Je n'étais pas le seul à être enrôlé. Il y avait d'autres enfants qui étaient devenus tous esclaves de la drogue. Ils obéissaient aux chefs comme des chiens et ne savaient plus distinguer leur gauche de leur droite. Ils avaient perdu la notion de pitié et d'émotion. Leur vie n'avait plus de sens. On pouvait nous tuer facilement lors d'une embuscade ou d'une attaque robuste d'une autre frange rebelle.

Je ne pouvais comprendre que les populations de mon pays subissaient toutes ces peines. Je ne pouvais non plus accepter les violences. Personne ne croyait plus à la vie, les villageois se cachaient dans les brousses et vivaient d'écorces et des feuilles sauvages.

Interlude I :
Hommage à l'enfance africaine

Oh enfant noir, enfant du monde
Enfant de la pluralité créatrice
Ta peau n'est pas l'œuvre d'une malédiction
Ta peau trouve son origine dans l'Intelligence
créatrice
Ta peau est immuable, matrice d'une richesse
insondable
Tes troubles, tes maux, tes peines, tes maladies
Ne viennent nullement de ta peau
Tes maux découlent de l'esprit, de l'âme
De tes ancêtres saboteurs
Dont les inégalités existentielles
Les ont rendus esclaves,
Les ont contraints à la servitude
Dont la cruauté et la méchanceté
Les ont conduits à la servitude
Sache que tes ancêtres ont été dormeurs
Ne sachant utiliser les potentiels dons de la nature
Pour être les égaux de tous à l'aube de la science
Ils ont tout simplement subi la servitude
Parce que rêveurs, innocents de l'infâme invasion
De millions de tes ancêtres valides, déportés
Dans le champ de l'humiliation esclavagiste
Exterminés par les douleurs de l'abomination

Et dommage, et honte, et malheur, et crime…
Les générations d'après ne mesurent nullement le grand fossé
Entre les deux mondes, à combler
Les jeunes générations ne sont pas unies, solidaires
Pour travailler à l'émergence de leur terre
Ce sont, oh enfant noir, tes dirigeants
Corrompus, voleurs qui te maintiennent
Dans la médiocrité, la misère
Une Afrique qui meurt sur les vagues de l'immigration
Une Afrique qui se prostitue
Se déracine au motif d'interdépendance
Elle manque d'ingéniosité pour les égaler
Oh enfant noir, ne te laisse pas abattre
Par les bruits incessants de guerres
Elles ont une fin et
Une aube nouvelle se pointera
Oh enfant noir si tu m'écoutes maintenant
Dépose les armes de ton cœur, de ton esprit
De tes mains et reprends le chemin
De l'école, de la sagesse, de l'épanouissement
Naturellement l'enfant est une richesse
S'il est bien traité
Car il est appelé à la succession
Pour servir sa société, son continent
Les images que nous avons de toi
Montrent combien tu es dans le besoin
D'énormes secours, de soutiens

Pour égaler les autres enfants de la planète
Comme dit le proverbe :
« Une famille, une nation sans enfants
Est appelée à disparaitre »
Oh enfant noir,
Ne crois pas être abandonné
Car bien de cœurs pleins
De bonne volonté gémissent
De te voir heureux et prospère
Oh enfants centrafricains
Soyez unis à jamais
Réconciliez-vous avec votre histoire
Allez de l'avant et grandissez
Dans la cohésion nationale
Pour l'amour de la patrie

La tragédie d'une nation débile

Chapitre X

Les gens commencèrent à rejeter les actions des Banyamoulengué. Ainsi, des résistances s'organisèrent. De partout, les véhicules des Banyamoulengué subirent des embuscades meurtrières. Les habitants préparaient leur vengeance. Tout commença à bouger de nouveau. Les gens commencèrent à sortir des brousses.

Une frange de milices loyalistes regagna la brousse pour la rébellion. Un grand nombre de jeunes désœuvrés, des personnes de tout âge décidèrent de rejoindre la rébellion pour revenir destituer Kota. Cette rébellion devint importante à mesure que le nombre de gens augmentait.

Les Banyamoulengué étaient partout lynchés par les populations. Ils commencèrent à fuir les violences et à regagner le Congo. Cette rébellion dirigée par Boté, à qui les militaires loyalistes se joignirent en grand nombre, commençait à reprendre le contrôle de toutes les provinces et préparait un grand assaut sur Bangui. Ces rebelles étaient appelés libérateurs, des Zakaya. C'étaient des Centrafricains et des Tchadiens. Boté était allé demander le soutien du Tchad pour renverser Kota et les Banyamoulengué. Ces mercenaires tchadiens étaient impitoyables, ne reculaient jamais devant la mort. Sans eux, ni la rébellion de Boté, ni les militaires loyalistes ne pouvaient tenir face à la machine de guerre Banyamoulengué. C'était la première entrée massive des mercenaires tchadiens dans le pays. Les milices loyalistes guidées par les mercenaires tchadiens s'en prenaient sauvagement aux Banyamoulengué. Partout, les populations tombaient aussi sur eux et les décapitaient. Souvent, on les coupait en petits morceaux et on les jetait même dans des cases à crocodiles.

On observait dans toute la capitale des têtes des Banyamoulengué coupées et suspendues aux coups de jeunes gens et surtout des mototaxis. Je profitais de cette situation incontrôlée pour fuir, quitter le rang des Banyamoulengué, une fois que nous nous étions retranchés dans la capitale, en raison de l'avancée des rebelles avec le soutien tchadien. Ainsi, je regagnais ma grand-mère et mes oncles qui étaient mes tuteurs.

Nous avons grandi dans cette atmosphère depuis très longtemps. Il n'y a eu jamais eu dans la décennie un cycle normal sans guerre civile. Tout ne fit que régresser et nos vies devinrent plus que misérables. Il n'y avait pas d'emploi ni d'écoles, encore moins des hôpitaux. Le Sida se propagea rapidement dans le milieu jeune à cause du grand nombre de nos sœurs qui survivaient dans la rue. Toutes les petites entreprises de la place furent détruites.

Donc, il n'y avait que le choix entre regagner la rébellion ou crever sous les arbres maudits du quartier. Plus de cinquante ans d'indépendances et le pays ressemblait à une véritable poubelle humaine. La capitale ne comptait qu'une seule université, un seul stade, un immeuble de 13 étages et de fichus restaurants.

La débandade des Banyamoulengué fut générale. Ils fuirent vers leur pays d'origine, abandonnant derrière eux les butins. Au niveau du centre- ville, un grand feu fut allumé et devait servir à un grand four-massacre. Des centaines des Banyamoulengué furent jetés dans ce grand feu sous l'acclamation des spectateurs. Dans une petite ruelle de Lakouanga, sept Banyamoulengué furent arrêtés. Les populations se ruèrent sur eux et commencèrent à leur jeter de gros cailloux. Ils moururent sur le champ. Seuls les Banyamoulengué qui quittèrent à temps le pays étaient sauvés. Le reste fut victime de lynchage populaire.

Après une semaine de combats intenses, le régime de Kota tomba et le pouvoir passait au nouveau président Boté, le chef rebelle. Des femmes et des jeunes filles défilaient nues dans la ville de Bangui pour manifester leur joie, fêter la chute du régime Kota et proclamer la victoire ou l'arrivée des libérateurs. Des mercenaires tchadiens étaient aussi reçus comme des rois, des sauveurs. On étalait des bouts de pagnes partout au passage de ces libérateurs.

Le peuple qui a tant souffert se confia complètement à Boté et s'attendait à une nouvelle ère où tout devait radicalement changer.

Chapitre XI

Nous sommes nés et avons grandi dans la guerre dans un pays de fous ! Depuis plus de cinq décennies, notre pays vit au rythme régulier des troubles militaro-politiques. Comment peut-on croire que le peuple est un objet de manipulation ? Gouverner un peuple n'est pas le fruit d'un hasard. Et, ce n'est pas tout le monde qui a vocation à le faire. Or, en Centrafrique tout semble faire partie d'un jeu. Les gens se lèvent un bon matin et se déclarent leaders politiques. D'autres peuvent quitter leur lit et se rendre en brousse pour devenir des rebelles. Et au nom de qui ? Du peuple centrafricain certainement ! Tous ces crimes sont commis au nom du peuple, quand bien même il en est la plus grande victime.

Il ne peut y avoir plus grand dirigeant que celui qui sacrifie sa vie pour son peuple. Il ne peut jamais être tranquille si les conditions de vie de son peuple ne sont pas améliorées. Il doit tout penser, tout oser, tout faire pour ce dernier. En principe, sa nuit doit être moins paisible s'il ne travaille pas à répondre aux attentes du peuple.

Mais, nous avons évolué sans organisation effective de notre société, et la nature a eu le grand malheur de nous donner des dirigeants égoïstes, sans vision, et sans politiques conséquentes. Nous sommes un peuple malheureux qui nage dans la misère absolue. Pire, notre Etat ne dessine pas pour nous un avenir radieux. Le système éducatif, sanitaire, basculent, s'engouffrent terriblement. Ceux qui nous dirigent ne trouvent pas mieux que de nous arracher nos parents, nos frères qui osent dire non au système. Tous ceux qui basculent dans l'opposition doivent choisir entre l'exil ou la mort.

Une grande machine de répression piétine la vie et la liberté des populations. Nous sommes souillés et maltraités. Le népotisme, le clanisme et le régionalisme deviennent monnaie courante. Tout le monde se noie dans la fausseté et la corruption. Pour survivre, beaucoup de gens sont obligés de changer d'actes de naissances et de cartes d'identité pour avoir sur leurs documents des informations faisant d'eux des proches du clan au pouvoir.

Par conséquent, il faut changer de nom, de région, pour dissimuler son origine ethnique, et espérer avoir un boulot car seules les personnes proches ont ce privilège. Les trafiquants de faux papiers se remplissent les poches et leur marché devient lucratif. L'administration se remplit de cadres incompétents, munis de faux diplômes.

On ne peut penser gouverner un pays avec ses muscles. L'homme est l'être le plus social qui soit.

Boté, qui avait été acclamé par le peuple, choisit lui aussi la voie de la mauvaise gouvernance. Il vole les biens de l'Etat, signe des contrats secrets d'exploitation des ressources minières aux multinationales. Il se fait beaucoup d'argent et se crée des comptes secrets en Suisse et dans d'autres paradis fiscaux. Il ne rassemble autour de lui que sa famille, sa belle-famille, ses copains et copines, ses concubines, tout son village.

La ville se remplit de gens bizarres, à l'aspect de fous. L'administration générale commençait à subir des tourments. Une vague de retraites anticipées est décrétées pour le renouvellement du personnel de l'administration. Après, Boté remplit l'administration de cadres incompétents. Les plantons deviennent directeurs généraux et les directeurs des employés de bureaux. Et pourquoi pas? Chacun doit avoir sa part de gâteau, se construire une belle villa, avoir des voitures de luxe ? Envoyer ses enfants en Europe.

Mais jusqu'à quand cela va-t-il durer ? Pour réprimer les contestations, Boté construit deux camps de torture, des prisons secrètes. Et les deux camps les plus célèbres sont le camp de Roux situé non loin du palais présidentiel et celui de Bossembélé, situé à de centaines de kilomètres de la capitale.

Aucun de ceux qui rentrent dans ces camps ne ressortent vivants. La mort y est monnaie courante.

Chapitre XII

Une autre organisation rebelle voit le jour dans le nord du pays. Elle s'appelle Séléka et veut dire « union ». Elle est l'union de tous les mouvements rebelles du pays. Selon les dirigeants des différents groupes, cette alliance est faite au nom de la liberté du peuple centrafricain. Tout porte à croire que le peuple est maudit, victime des troubles et des guerres civiles successives qui changent constamment le cours des choses. Plus rien ne marche pour le peuple dont la liberté et l'épanouissement ont été confisqués par le pouvoir. Il meurt de faim, parce que les gens ne peuvent ni se rendre au champ, ni aller à la pêche, de peur d'être décapités par les « coupeurs » de route. Le banditisme, la délinquance, et le vandalisme ont atteint leur paroxysme. Les villages se vident de leurs populations pour un grand exode vers Bangui où tout se concentre.

Ainsi, le son de cloche des Séléka a trouvé une résonance particulière aux oreilles des populations, surtout auprès des jeunes désœuvrés. L'esprit des populations s'agite et de partout, jeunes et vieux décident de rejoindre le rang des Séléka. Tous parlent de liberté, de justice, d'égalité. Or, personne ne prend le temps de réfléchir à ces différentes terminologies.

Il n'y a pratiquement pas d'écoles dans les villes de province pour assurer les connaissances de base aux villageois, ni d'hôpitaux pour leur soin. Ces populations meurent de tout et de rien ; le paludisme et la diarrhée en ont fait leurs nids. Tandis que, les autres peuvent se taper la poitrine ailleurs pour dire : « nous avons les meilleures écoles du monde, les meilleurs hôpitaux du monde, la meilleure police du monde... », notre seul espoir à nous est de rester vivant. Rien de plus. Pour nous, l'avenir semble de plus en plus obscur.

Les populations craignent même de se rendre dans les hôpitaux où sévit la mort gratuite, en raison de l'incompétence, l'inefficacité du personnel soignant, lequel est mal formé dans la plus part des cas. Il est à l'origine de plusieurs cas de décès tragiques. Et pourtant, certains sont même envoyés comme chefs de régions sanitaires. Quel crime ! De ce fait, la Séléka était constituée de cette grande masse de délaissés sociaux, fruits de la mauvaise gestion des ressources de l'Etat et de la corruption, le détournement des fonds publics, le népotisme.

Le mouvement Séléka prenait de plus en plus de l'importance, de nouvelles personnes rejoignant leurs rangs jour et nuit. Le gouvernement ne savait plus quelles mesures prendre pour stopper l'intérêt des jeunes pour la Séléka. Des défections au sein des forces de défense nationale ne se comptaient plus. Boté se voyait rejeté par toute la population. Il y a des gens de toutes ethnies, toutes croyances, toutes religions, toutes races au sein de la Séléka. Vive, la liberté ! Vive la justice. Ces slogans fusaient de partout.

L'avancée de la Séléka est lente mais progressive. Les premiers villages et les premières villes du nord tombent entre ses mains. Le mouvement Séléka entre dans le village de Yeti un après-midi chaud et tout le village était en panique, vu que la sauvagerie des Séléka était bien connue de tous. Les forces de la Séléka prirent le contrôle de tout le village dont ils fermèrent toutes les issues. Personne ne pouvait donc sortir ni entrer. Sahamat, le chef rebelle Séleka saisit un villageois afin qu´il lui indique la demeure du chef de village. Cela fut fait. On lui présenta une demeure faite en bambous constituée de quatre pièces principales autour de laquelle furent ajustées les demeures de ces quatre femmes.

Le chef Yeti fut saisi et trainé dehors, ces quatre femmes et ces enfants aussi. Les enfants se mirent à pleurer pendant que les femmes tremblaient de peur. Sahamat demanda d'un ton autoritaire qu'on lui fasse servir à manger. Yeti ordonna à sa première femme de s'exécuter. Elle entra timidement dans la pièce qu'elle occupait pour en sortir un plat de poulet assaisonné de sauce tomate, accompagnée de riz marron. Sahamat dédaignant ce geste hospitalier, renversa le plat et exigea qu´un nouveau plat lui fut servi immédiatement.

La femme de Yeti revint vers son mari pour lui demander conseil. Ce dernier lui conseilla de tuer trois poulets ainsi que le bon gibier que son piège venait d'attraper, pour en faire une sauce blanche. En écoutant cette proposition, le chef rebelle demanda que deux cabris fussent tués aussi pour ses éléments et pour lui-même. Ses ordres furent exécutés à la lettre.

Les femmes de Yeti préparèrent deux plats délicieux pour le général, alors que ses éléments se chargèrent eux-mêmes de la préparation de leurs cabris. On fit servir à Sahamat ses poulets grillés et sa sauce blanche du gibier qu'il mangeait avec une grosse boule de manioc. Il se régala. On lui servît du Ngouli, l'alcool de traite qu'il prit gaiement. De même, ses éléments allèrent renifler le fond des bidons des vendeuses d'alcool et se les partagèrent pour accompagner leur repas.

Sahamat demanda à l'un de ses éléments de venir lui faire une injection de drogue. Aussitôt, ce geste fut suivi bêtement par tout le groupe. Un drôle de sensation se saisît de tous, les poussant dans à une agitation monstrueuse. Sahamat réclama la plus jeune femme de Yeti, très belle et douce, ainsi que ces deux filles âgées respectueusement de 14 à 16 ans.

On lui affecta l'une des demeures de Yeti, celle de sa première femme. Il s'agissait d'une grande demeure contenant trois chambres dont une principale où la jeune femme de Yeti fut attachée au lit. Ces filles eurent les mains liées et gardées dans la même pièce que leur jeune mère.

Sahamat se saisit de la femme. Celle-ci lui résista de toutes ses forces. Elle lui dit non et lui cracha au visage. Sahamat se fâcha terriblement. Il extirpa son coutelet et lui exigea de nouveau de lui céder son corps. Mais le refus de cette dernière fut catégorique.

-Je suis à mon maître et mon corps est à lui seul, je ne peux pas me livrer à toi, disait la jeune femme.

- Tu es à ton maître, hein ? Salope, veux-tu que je le tue ? répliqua Sahamat.

A l'instant même, Sahamat ordonna qu'on lui fût venir Yeti qui fut sauvagement attaché par les gardes. Sans se gêner, Sahamat, sous le regard de la jeune femme rebelle, traîna son mari sous un manguier. Toutes les autres femmes et les enfants commencèrent à pleurer.

La première femme de Yeti courut plaider pour son mari, en implorant le pardon de Sahamat. Elle dit accepter volontiers de coucher avec lui, s'il daigne relâcher son mari. Mais comme réponse, Sahamat lui administra une bonne gifle qui la fit tomber à terre. Sahamat saisit Yeti à nouveau. Il dégaina son couteau et lui coupa la tête de toutes ses forces.

Voyant cela, sa femme qui vint à son secours s'affola et tomba sur Sahamat, en le rouillant de coups. Sahamat, d'un coup, la poignarda et elle tomba morte à côté de son mari.

Entre temps, tous les villageois avaient pris le soin de se réfugier dans leurs cases respectives, observant, impuissants, la scène à travers les trous des fenêtres. Bon nombre d'entre eux tremblaient de panique. Sahamat revint tout agité, saisit de nouveau la jeune femme pour la violer. Mais, celle-ci étant plus forte que lui, il ne pouvait y arriver seul. Ses éléments vinrent à son secourir en saisissant la main de la dame et faisant ouvrir de force ses jambes, pour permettre la pénétration de Sahamat qui la viola sans gêne. Impitoyablement. Et comme elle avait osé lui résister, il lui tira une balle dans la tête, une fois satisfait. Les deux filles liées dans la même pièce s'évanouirent sur le champ, ne pouvant avaler une telle cruauté. Sahamat se moqua de leur triste sort et les mit en garde de ne pas lui résister comme leur jeune mère.

Entre temps, certains éléments de Sahamat se rendirent dans les cases du village où ils se saisirent eux aussi des femmes et des filles du village pour les violer. Un grand malheur venait dont de s'abattre sur le village de Yeti. On entendit de partout des cris et des pleurs. Et personne ne pouvait voler à leur secours. Dans la nuit sombre, seules quelques étoiles scintillaient. Et une pluie de balles fit rougir le ciel.

Le village dormait sous le crépitement des balles. Les maris qui osèrent s'opposer au viol de leurs femmes furent tués. Tout cela se passait dans une indifférence totale, silencieuse et morne de la nature. Au loin, on entendit le cri des chacals et les bruits des vagues de la rivière Tomi. Les herbes exécutèrent une danse macabre au passage d'un vent amer. Les villageois qui essayèrent de se sauver furent fusillés.

Plus tard, sur ordre de Sahamat, les hommes valides du village, de même que des enfants, furent enrôlés de gré ou de force dans les rangs de la Séléka.

Les nouvelles recrues du village devaient subir leur baptême de feu. On organisait cela autour d'un grand feu, comme dans un camp d'initiés. De ce fait, les nouveaux devraient se mettre à nus devant les anciens vêtus, pour subir les brimades. La première mission de ce baptême était de leur ôter la peur. Donc, on les faisait allonger à terre, et des tirs nourris crépitaient au-dessus de leur tête. Les plus faibles pleuraient, frémissaient et chiaient dans leurs culottes. Le lendemain matin, de petites séances d'initiation étaient répétées. Les nouveaux recrus acceptaient ainsi un nouveau style de vie. Ils devaient apprendre à tuer, à s'habituer dans le sang. Bref, à tuer facilement. On cherchait par tous les moyens à leur ôter tout ce qui était humain afin de les revêtir du manteau de la cruauté, de la monstruosité. Les hommes du village furent ainsi enrôlés en grand nombre dans la coalition. On leur expliqua que cela allait les aider à avoir une autre vie meilleure que cette vie misérable dans laquelle ils vivaient...

La Séléka décida de quitter le village tôt dans la matinée, pour la marche vers la capitale. Ainsi, ils durent prendre avec eux des provisions. Le village fut donc pillé et les greniers furent vidés, une grande partie du bétail fut emportée. Aussi, ils prirent en captivité certaines femmes et enfants comme esclaves sexuels. De temps à autre, ils entamaient un chant rituel :

« Nous sommes les guerriers du sang. La souffrance est une amie, la mort un vulgaire épouvantail. Le courage et la détermination nous conduiront à la gloire. Le bonheur nous attend au bout du chemin ».

La marche était plus lente. La Séléka doit avoir l'approbation puis l'adhésion de toute la population. Elle décida de multiplier le rapprochement des populations qu'elle croisa le long de la marche et leur expliquer le bien fondé du mouvement. En effet, les populations y adhérèrent en grand nombre, pour fuir la misère dans laquelle vit le peuple tout entier.

Chapitre XIII

Une très grande division commença à se faire sentir dans les rangs de la Séléka. Au sein des centrafricains engagés dans cette coalition, il y avait également des mercenaires tchadiens et soudanais. Du coup, se constitua une frange Séléka d'obédience musulmane contre le reste du groupe à majorité chrétienne. La cohésion au sein du groupe s'étiola peu à peu, entrainant la méfiance des uns envers les autres. La frange musulmane constituée de vaillants guerriers aguerris, prit les commandes de la Séléka et menait la marche vers Bangui, la capitale. Personne ne devait contester les ordres. Et ce qui était décidé, était exécuté promptement.

On constatait que dans la marche des Séléka vers la capitale, les violences, les tueries, les pillages étaient dirigés contre une seule communauté, la communauté chrétienne. Ainsi, dans les villes provinciales qui tombèrent sous leur contrôle, les églises commencèrent à faire l'objet de pillages. Nombre des sœurs de couvents catholiques furent violées, et des prêtres assassinés. Des églises toutes entières furent brûlées. On emporta pour la circonstance des véhicules de missionnaires volés, d'énormes réserves de carburants, et d'importantes sommes d'argent.

La frange chrétienne commença à dénoncer les exactions faites à l'endroit de sa communauté. Mais hélas, rien ne pouvait arrêter ce parti pris. Au contraire, cela s'amplifia. Pour avoir la prédominance sur le groupe, la frange musulmane commençait à éliminer dans ses rangs, de façon silencieuse, les milices chrétiennes. Alors, celles-ci décidèrent de prendre la tangente et abandonnèrent le groupe. Cette division mit fin à la vision principale de la Séléka qui était uniquement de libérer le peuple de la misère et de tous les maux politiques.

La coalition arriva dans la ville de Bouka. Une équipe fut mise en place sur le champ pour surveiller les lieux. Sahamat mit sur place un plan stratégique pour l'attaque de la ville. Les points stratégiques tels que le camp militaire, la gendarmerie et la préfecture furent étudiés. Ils attaquèrent nuitamment ces lieux, sans rencontre de véritable résistance car les populations avaient laissé tomber le régime. Ils saisirent les véhicules militaires abandonnés, dépouillèrent le trésor public de la localité. Ils ne trouvèrent pas le préfet qui avait pris le soin de quitter la ville pour Bangui à l'annonce de l'avancée de la Séléka à la radio communautaire, abandonnant sa population.

Après, le groupe décida d'attaquer l'évêché de la localité. Ils entrèrent dans la grande concession de la

Cathédrale Ste Thérèse. Ils pénétrèrent dans la chancellerie où il y a la demeure de l'évêque. Quelques minutes plus tard, un grand corps fut trainé dehors, visiblement celui de l'évêque, portant sa soutane sacerdotale. Sahamat le menaça de mort afin de donner au groupe la somme exigée de trente millions de francs CFA.

-Je n'ai rien sur moi, je ne suis qu'un serviteur de Dieu. D'où aurais-je une si importante somme d'argent ? Se plaignait l'évêque.

Sahamat lui cracha sur le visage.

-N'es-tu qu'un serviteur de Dieu ? Et les serviteurs de Dieu ne mangent-ils pas, hein ? N'est-ce pas vous qui dépouillez les pauvres gens avec vos histoires de dîmes et d'offrandes ? Je ne suis pas obligé de te le demander deux fois. Je te conseille de ne pas me pousser à bout, ni de me faire perdre mon temps.

A l'instant même, Sahamat exigea qu'on le fasse ligoter, avec la méthode Arbatacha; une méthode par laquelle la personne est sauvagement ligotée, avec les deux membres inférieurs et supérieurs retournés sur le dos. On lui fit enfoncer un chiffon dans la gueule. Et Sahamat ordonna qu'ou lui coupa les doigts. Le géant et costaud garde-corps de Sahamat, Mola extirpa son couteau, tendit la main de l'évêque qui, déjà, tremblait terriblement de peur. Mola lui coupa de façon machinale l'index, duquel jaillit énormément de sang. Il lui coupa ensuite le pouce, pendant que l'évêque se débattait. De grosses larmes lui coulèrent des yeux et ses vêtements furent trempés de sang.

Par ailleurs, les éléments de Sahamat passèrent au peigne fin l'évêché, en particulier la chancellerie d'où ils extorquèrent des vins de messe, du carburant, des véhicules de missionnaires. Aussi, un grand coffre-fort fut découvert dans la chambre de l'évêque. Ils l'apportèrent à Sahamat. Après avoir essayé vainement de l'ouvrir, Sahamat leur fit comprendre que la seule personne habilitée à ouvrir le coffre-fort était l'évêque. Sahamat lui enleva le chiffon de la bouche et lui recommanda de lui donner le mot passe du coffre-fort. Ce dernier refusa et s'obstina bêtement.

Ainsi, Sahamat demanda à ses éléments de lui passer un pinceau. Il commença à arracher une à une, les dents de l'évêque, immobilisé par trois robustes éléments. Son visage se gonfla aussitôt et du sang le mouilla complètement. L'évêque gémissait de douleur et demanda la mort. Il ne pouvait plus résister aux tortures, lui qui n'en était jamais habitué.

Sahamat changea de tactique, en envisageant de crever l'œil de l'évêque. En s'avançant pour exécuter sa nouvelle méthode, l'évêque donna d'une voie inaudible et agonisante le mot de passe. En ouvrant le coffre-fort, Sahamat découvrit dans le coffre-fort une cinquantaine de millions, de l'or et du diamant. Il s'exclama, exécuta une danse stridente pour manifester sa joie. Il emporta tout le trésor, laissant l'évêque à la merci de ses éléments. En faisant quelques pas vers la sortie, il entendit un coup de feu. L'évêque venait d'être tué par Mola, d'une balle dans la tête. Son chancelier et quatre autres prêtres furent aussi tués.

A cent mètres de la chancellerie se trouvait le couvent des sœurs Clarisses. Les Séléka décidèrent de s'y rendre. Ils pénétrèrent au moment où les sœurs étaient retranchées dans leur chapelle, Marie « la mère des pèlerins ». Elles étaient toutes saisies de peur, car elles avaient suivi de loin ce qui s'était passé à l'évêché. Sahamat et son puissant garde du corps Mola entrèrent dans la sacristie, cherchant la sœur supérieure ou l'économe. Ils n'y trouvèrent personne. Ils sortirent donc demander au groupe de sœurs retranchées dans la chapelle :

-Qui est la responsable de ces lieux ?

Un silence de mort planait dans la salle. Les sœurs étaient trempées de peur. Certaines d'entre elles commencèrent à pisser dans leurs culottes, pendant que d'autres sanglotaient. Sahamat descendit la sécurité de son arme, engagea une balle et tira un coup en l'air. Les sœurs s'affolèrent de plus bel et entamèrent par reflexe le "Ave Maria". Sahamat vit que son procédé n'était pas le bon. Il descendit saisir l'une des sœurs et un pistolet sur sa tête en lui chuchotant à l'oreille:

-Dis-moi qui est votre responsable et je ne te ferrai pas souffrir, tu auras la vie sauve.

Celle-ci tremblait tellement qu'elle lui était de peu d'utilité. Agacé, Sahamat lui tira une balle dans la tête. La sœur s'écroula et rendit l'âme sur place. Sahamat descendit hystériquement saisir une autre, et lui coupa furieusement la tête. Au vu de ces horreurs, toute la chapelle fut saisie de panique et commença à sangloter. Mais, toutes les issues étaient bien fermées, personne ne pouvait donc s'échapper. La sœur économe se leva et se rendit pour atténuer la situation. Sahamat lui administra une bonne paire de gifle pour lui avoir fait perdre son temps.

-Est-ce toi la responsable, demanda Sahamat.

-Oui, c'est moi, répondit la sœur.

-Alors, donne-moi tout ce que vous possédez comme trésor ici : de l'argent, de l'or, du diamant, tout, ordonna Sahamat.

-Nous n'avons pas tout ce que vous demandez. Elle le conduisit à la direction du couvent où était l'économat.

Pendant que Sahamat, Mola et l'économe s'y rendaient, les autres milices tombèrent sur les sœurs qui étaient retranchées dans la chapelle. Chacun se saisit d'une sœur et la pagaille commença. On voyait des mouvements acrobatiques spectaculaires, des débattements stridents dans des scènes d'une violence indescriptible. Une sœur qui refusa d'être violée fut attachée au grand crucifix de la chapelle et l'on lui versa de l'essence et fut brûlée vive. Une autre sœur, très jeune et ravissante qui était en sanglots et épuisée, irrita un vieux papa de la Séléka. Celui-ci appela à son secours deux autres milices qui saisirent la sœur, la ligota afin de l'empêcher de se débattre à nouveau. Le vieux papa était tellement irrité, qu'il ne voulait plus de cette jeune sœur. Alors il la traina au sol après de virulentes insultes, dégaina son couteau et la poignarda. Il déchira son ventre, fit sortir les entrailles et le cœur. Cela ne suffisant pas, il lui coupa les seins et lui urina dessus. Les sœurs s'endormirent dans la honte, la désolation. Leur dignité était foulée ainsi que leur féminité sacrée. Elles avaient perdu toutes leurs personnalités.

De l'économat, Sahamat écoutait le crépitement des armes et les agissements de ses éléments. Il pressa donc l'économe de se dépêcher. Elle ouvrit une petite mallette cachée dans une armoire qui contenait une dizaine de millions de francs CFA. Cette somme était réservée au fonctionnement du couvent au moins pour un trimestre. Sahamat emporta la somme et s'empara aussi des vins de messe et des hosties qu'il croqua gaiement. Il décida que sa troupe aller se cantonner au couvent, pour un certain temps.

Les milices fouillaient les fonds des marmites pour trouver de quoi manger. Ils partirent prendre du riz, de l'huile et autres réserves de l'économat pour la cuisine. Ils préparèrent une sauce de cabris qu'ils avaient tués dans la bergerie du couvent. Ce fut une grande fête. Ils mangèrent, burent et baisèrent comme de chiens. Sahamat choisit la chambre de l'économe où il passa la nuit accompagné d'une petite fille de 15 ans, l'une des enfants du défunt Yéti. Elle était son esclave sexuelle. Il la baisa toute la nuit, ivre d'alcool et de drogue.

Le lendemain matin, Sahamat rassembla ses hommes pour quitter la ville. Mais ces derniers continuèrent à somnoler après leur folle soirée. En quittant la localité, ils emportèrent 7 véhicules dont cinq de la chancellerie et deux autres du couvent des sœurs, de même qu'une importante réserve de carburant, des sacs de riz et des bidons d'huile.

Ils quittèrent la ville pour un petit village situé à 75 km de route. Mais, ils firent plus de 14 heures pour y arriver à cause de l'Etat défectueux des routes. Quand ils sont arrivés sur les lieux, toute la population était saisie de peur, car elle avait eu des échos des massacres et autres actes horribles perpétrés par cette bande de tueurs. Ils inspectèrent les lieux. Le village ne semblait pas propice; il ne regorgeait de rien de particulier. Les Séléka attaquèrent une petite église protestante d'où était réfugiée la population prise de panique. Ils encerclèrent le lieu, en bouclant les issues. Sahamat ordonna que l'église fût mise à feu.

De l'intérieur, les retranchés observèrent la scène avec stupeur. Ils voyaient comment les rebelles firent descendre des bidons d'essence qu'ils approchèrent pour verser sur l'église. Mais déjà, le « sauve-qui-peut » avait commencé. Les rebelles qui s'étaient mis en retrait sauvèrent la situation. Ils ouvrirent le feu sur la foule qui tomba raide morte sous les balles. Les plus chanceux échappèrent au massacre et se sauvèrent dans les bois.

On fit place à Sahamat qui marcha la tête haute au milieu des cadavres dont il se moqua et sur lesquels il cracha. Il se croyait au-dessus des dieux, immortel, intouchable. Ses éléments firent une petite pause pour permettre à Sahamat de se reposer et de manger avant de continuer la route. Il s'adossa contre un grand manguier, sur un escabeau préparé à l'occasion. Il exposa son butin : de l'or, du diamant et d'importantes sommes d'argent. Il contempla joyeusement son trésor et se projeta un avenir radieux, une belle vie au soleil, lui qui avait tant vécu dans l'ombre.

Sahamat regarda ses éléments et se posa la question de savoir s'il devait leur donner une part de l'argent ? Il appela Mola pour lui demander conseil. Mola le regarda droit dans les yeux, et lui dit :

-Pour être en bons termes avec eux, il faut les entretenir.

-Mais, nous devons nous procurer des armes, répliqua Sahamat.

-Oui, mais si tu ne prends pas soins d'eux, ils vont commencer à ne plus t'obéir, dit Mola.

-Ne plus m'obéir ? Celui qui me désobéira récoltera la mort.

-Crois-tu être capable de marcher sur Bangui seul ? C'est avec ces éléments que tu y parviendras, avança Mola.

-Je les remplacerai par d'autres éléments, martela Sahamat, agacé.

-Que tu tueras ensuite par tes caprices.

-Non, putain. Arrête de me contredire. Sahamat fit de petits pas en tournant sur place, hanté par la cupidité.

-Et que me conseilles-tu, demanda Sahamat.

-Il faut leur donner quelque chose symboliquement, lui répondit Mola.

- Je leur achète des armes, de la drogue, je les nourris et tu voudrais que je leur donne… Tout sauf ça. Ils ont tout ce qu'il faut pour se débrouiller. Et désormais, je ne vais plus les nourrir. Appelle-les tous, je veux leur parler.

Mola les fit asseoir afin que Sahamat fasse passer son message. Sahamat haussa la tête, se rendit au milieu de ses éléments regroupés. Il hésita un instant, puis, mais d'un geste décidé, martela ces mots : peuple centrafricain, le devoir nous appelle. Celui de dire non à la tyrannie, à la marginalisation et la misère qui nous gangrènent. Nous avons été marginalisés à outrance et cette société nous tourne le dos ; une grande injustice née de la sous-représentation de notre communauté dans la gestion de la chose publique. Nos biens et nos marchandises sont sans cesse pris par les forces de l'ordre et on nous traite d'étrangers, de fils de putes. Alors, devons-nous rester bras croisés pour que ceux-là continuent à nous ¨enculer´? Non, nous devons agir pour mettre fin à cela. Et c'est avec vous que nous le ferons. Nous allons bâtir une société nouvelle, plus juste, équitable, prospère et pacifique. Et l'on me demande ce que je vais vous donner pour gagner ce pari ?

Je n'ai rien à vous offrir, ni à vous garantir. Vous êtes les maîtres de vos propres destins et c'est une nouvelle histoire qui s'écrit dont vous êtes les acteurs principaux. Sinon, j'ai le devoir de vous former et de vous montrer ce qui est bon à faire. Je peux, de ce fait, vous donner ce qui est nécessaire pour votre survie. Je vous donne les armes avec lesquelles vous allez vous défendre. Ces armes sont votre père et votre mère. Ne pensez jamais que je vais vous donner plus que cela, parce que vous avez ce qui est nécessaire entre vos mains. Ces armes sont extrêmement chères et je ne peux me pas permettre de vous en acheter et vous donner par la même occasion de l'argent. Car, il faut bien que les minutions qui finiront soient aussi remplacées. Désormais, vous allez vous débrouiller pour vous nourrir. Mais, ne créez pas la pagaille, car notre lutte ne se limite pas à la recherche de nourriture ou d'argent. Elle va bien au-delà de tout cela. Vous devez avoir un bon travail pour changer votre niveau de vie, une fois que nous remporterons la victoire, quand ce régime sera renversé. Alors vous serez tous récompensés.

Un grand silence se fit, et chacun se retira de son côté. Sahamat n'est pas un homme avec qui discuter, soit ses ordres sont exécutés, soit il vous tue. Seul Mola, son garde rapproché lui tient un peu tête.

Chapitre XIV

Les musulmans sont une minorité détenant le monopole du commerce dans le pays. Ce sont de grands éleveurs et ils mènent d'importantes activités dans le secteur tertiaire. Ils sont donc les plus riches et se sont installés peu à peu partout dans le pays. Or, l'organisation de la vie politique et sociale est telle que le peuple vit dans une misère totale. Les policiers et les gendarmes touchent entre 54000 à 60000 Francs CFA comme salaire mensuel. Et cela a évolué, car le salaire était encore plus bas avant. De ce fait, les policiers et les gendarmes s'adonnent à cœur joie à la corruption qui est le plus grand mal centrafricain. Ils rançonnent les marchands et les voyageurs. Alors, les marchands, qui sont généralement des musulmans, subissent beaucoup de bavures policières. Pour bien les maltraiter, une étiquette leur fut collée: ce sont des étrangers. Ils viennent s'enrichir chez nous.

Un jour, nous rentrions des vacances et nous étions en train de regagner le petit séminaire de Sibut. Arrivés à un poste de police à plus de 75 km de Bangui, nous aperçûmes un nombre important de gens arrêtés au niveau du poste de contrôle, tous des musulmans. Ils avaient tous leur identité nationale ou les papiers requis pour leur libre circulation sur l'ensemble du territoire. Mais, les policiers exigeaient de chacun 50000 francs CFA avant de les laisser passer la barrière de contrôle. Et pendant ce temps, un autre groupe dont le leader s'était rapproché du chef de service de contrôle se plaignait pour leur sort ; car ils avaient passé deux jours au poste sans nourriture, et ils étaient condamnés aux travaux de désherbage et de nettoyage des lieux, comme ils n'avaient pas d'argent pour payer leur libération. Ils travaillaient sous le soleil et cela ne dérangeait absolument pas les policiers qui attendaient toujours leur pot-de-vin.

De plus, les policiers créaient toute sorte d'infractions plus ou moins lourdes pour leur imputer afin de leur soutirer plus d'argent. Et que dire de cet autre cas d'un passager musulman était arrêté au poste de contrôle de Dekoa. Il était dans un transport en commun. On le fit descendre et on lui demanda de présenter son papier d'identité. Pendant qu'il s'affolait pour présenter ses papiers, un autre policier fit glisser discrètement un paquet de chanvre dans son sac. On l'accusa alors de trafiquer du chanvre, en l'envoyant directement dans le cachot du poste, exigeant une lourde amende de 750000 FCFA pour sa libération.

De même, les policiers et les gendarmes prenaient l'habitude de braquer les troupeaux des éleveurs peuls ou musulmans, qui se déplaçaient régulièrement en quête d'un bon pâturage. Il suffit juste de les accuser de « coupeurs de route » pour pouvoir les dépouiller. Ainsi, une vie difficile leur était imposée, et la voix de cette communauté était peu écoutée.

Par ailleurs, la Centrafrique souffre de son manque de sécurité. Vu que les policiers, les gendarmes et les militaires sont tous corrompus, une nette porosité des frontières expose l'intégrité territoriale. Ils vendent le pays au profit de leurs intérêts individuels. De ce fait, les braconniers et les mercenaires soudanais et tchadiens tirent profit de cette porosité des frontières pour déstabiliser le pays.

De nombreuses armes de guerre passent facilement nos frontières, en contrepartie de maigres sommes d'argent. Il suffit d'introduire les armes dans des sacs de manioc, d'arachide, de coton, de charbon, en préparant pour chaque poste de contrôle une petite somme de 5000 francs qui empêchait les policiers d'imposer un contrôle minutieux. Les armes se vendaient donc comme du petit pain au niveau de nos frontières sous le regard complice de nos forces de l'ordre. Cette légèreté, cette corruption a facilité la pénétration massive des mercenaires étrangers.

Entre-temps, tout était centralisé à Bangui. Les provinces étaient complètement abandonnées. Il n'y avait aucune trace d'autonomie organisationnelle ni fonctionnelle au niveau des collectivités locales. La déconcentration supposait l'injonction de toutes les décisions de façon verticale et irréversible. Mais aucune initiative allant dans le sens d'une décentralisation effective, en ce qui concerne l'exploitation ou la libre gestion des atouts économiques régionaux n'était proposée.

Il n'y avait que deux ou trois médecins qualifiés pour une région de plusieurs milliers de populations. Les centres de santé étaient quasi inexistants ou pas du tout équipés. Sur une distance de plus 150 km, il n'y avait de centre de santé, moins encore du personnel soignant. Aussi, des écoles rares. Certains enfants devaient parcourir des dizaines de kilomètres par jour pour se rendre à l'école, sans avoir de quoi manger. Les enfants ne mangeaient quotidiennement que du manioc sans aucune variation alimentaire possible, au grand dam de leur santé.

Chapitre XV

Après le discours de Sahamat, chacun avait compris que désormais sa vie était entre ses propres mains et que seule son arme pouvait répondre à ses besoins. Il en a résulté une recrudescence des crimes, des violences sur les populations constamment dépouillées de leurs biens. Sahamat, une fois reposé, prépara la levée du camp. Ils devaient quitter cette ville pour une grande ville minière, appelée « la ville Lumière ». Mais avant cela, une équipe de mercenaires soudanais et tchadiens devaient arriver, pour renforcer la coalition, avant d'atteindre la ville Lumière. Ces mercenaires devaient arriver avec de nouvelles armes de guerre. Ces armes proviennent en grande partie de la Lybie affaiblie, en transitant par le Darfour.

La nouvelle équipe Séléka se constitua avec l'arrivée de nouveaux généraux mercenaires autoproclamés, musulmans à 65%. Dotasun et Abtasun s'imposèrent et exigèrent de se hisser aussi à la tête de la coalition.

Pour ce faire, il fallait supprimer Mola le redoutable garde-corps de Sahamat. En Centrafrique, les musulmans étaient déconsidérés ; ils étaient vus comme de vulgaires citoyens qu'on ne pouvait intégrer dans l'administration générale ni les encadrer pleinement. Cette communauté a souffert plus d'un demi-siècle de marginalisation. Moins représentée au sein de l'Etat et ostracisé sous le prétexte de vouloir envahir la Centrafrique. Ils viennent d'ailleurs. Ils ne sont pas centrafricains. Or, on vient tous de quelque part, excepté les pygmées.

La reconstitution de la Séléka changea le visage de ce groupe. Une nouvelle posture, une nouvelle vision se forgea, pour réduire les inégalités, supprimer la marginalisation à l'endroit de la communauté musulmane. Aussi, la monté de l'extrémisme, la radicalisation dans le monde entier renforça cette vision. Ainsi, l'arrivée des Soudanais et des Tchadiens dans la coalition favorisa l'idée de vengeance et la propagation forcée de l'islam. La marche vers Bangui devint difficile à cause des considérations ethniques et religieuses qui s'invitèrent dans le groupe. Il y avait dans le cœur des musulmans de la haine et ils cherchèrent par tous les moyens à se venger. Une manière de dépasser les préjugés, la suspicion sur l'islam que les autres avaient longtemps diabolisé. Toutefois, une grande pauvreté intellectuelle, sociale et politique avait contribué aux fractures communautaires : un manque de laïcité effective et profonde, un manque de démocratie conséquente, pouvant conduire à la tolérance religieuse.

La coalition Séléka quitta de nuit le petit village pour la ville Lumière. Déjà, on ressentait la division, et des affinités se créèrent. Les chrétiens s'attachèrent à Mola et les musulmans à Sahamat, et Dotasun. Une première opération cibla une grande église protestante. Mola s'opposa au fait que des églises soient à nouveau visées. Cette opposition changea la donne. Sahamat et Dotasun trouvèrent que l'interposition de Mola était de trop. Ils s'avancèrent vers lui et lui lancèrent ces mots :

-Pour qui te prends-tu pour nous barrer la route ?

-Je suis l'un des responsables de ce groupe et je ne permettrai à personne de saper la vision que nous avons, celle de libérer le peuple centrafricain des jougs de la misère et de refondre notre société, pour une société meilleure, juste, égalitaire…

-Juste et égalitaire ? Ne sais-tu pas que nous musulmans sommes le bas-peuple dans cette nation ? Quelle injustice n'avons-nous pas subi ? Les policiers et les gendarmes nous enculent en longueur de journée, nous dépouillent sans cesse çà et là de nos troupeaux et tu appelles cela de la justice ? Lança Sahamat

- C'est contre tout çà qu'on s'insurge, Sahamat. Il est temps de changer les choses, de penser à une ère nouvelle, de panser les cœurs, répondit Mola.

- Ce n'est pas ton affaire, nous allons nous en charger.

Pendant ce temps, un mercenaire tchadien qui ne comprenait ni Sango ni français s'immisça dans le débat et interrogea Sahamat en Arabe. Ils échangèrent quelques mots en Arabe et par la suite le mercenaire changea radicalement de mine. D'autres mercenaires s'y ajoutèrent et ils entourèrent Mola qui, il y avait pas si longtemps, était le bras droit de Sahamat. Ils lui demandèrent de déposer son arme. Mola refusa catégoriquement et se prépara au pire. Il enleva la sécurité de son arme, vu que la tension montait.

Mola esquiva un tir de kalachnikov et riposta avec tous ses éléments chrétiens. Un lourd combat opposa les deux camps. Mola mena son équipe et résista jusqu'à son dernier souffle. Un mercenaire soudanais de loin, lui tira une balle dans la tête. Il tomba sur le coup. Les musulmans parvinrent à mettre la main sur Mola et le reste du groupe, vu qu'ils sont minoritaires. Mais, de pertes en vies humaines considérables étaient constatées de chaque côté.

Sahamat refusa de faire du mal au reste du groupe et leur demanda de ne pas désobéir. Il savait qu'il ne pouvait pas écarter ceux-là. Il choisit d'atténuer ses propos et interdit de faire du mal à la frange chrétienne, afin de préserver la conquête du pouvoir. La coalition marcha sérieusement sous la direction de Sahamat. Chemin faisant, une grande partie de la population musulmane intégra massivement le mouvement.

Cette avancée créa de l'enthousiasme partout dans la communauté musulmane et le groupe s'élargit, de petits sous-groupes ayant de responsables différents se constituèrent. Tous prirent le nom de la Séléka. A un certain moment, les éléments de l'un ne pouvaient plus obéir à l'autre. Cette situation se généralisa et créa l'amalgame.

Plusieurs commerçants musulmans profitèrent de ce désordre et se lancèrent dans les pillages, les braquages et les violences. Ces musulmans étaient hantés par l'esprit de vengeance qui se répandait dans la coalition. Or, plus personne ne soutenait le régime en place, tous les militaires ont jeté leurs armes à cause de la grande misère qui sévit et la mauvaise gouvernance, le népotisme qui caractérisaient le régime. Donc, cette situation poussa à la révolte générale et personne ne s'opposait à l'avancée de la Séléka. Le fait que plusieurs sous-groupes intégrèrent la Séléka posa le problème de détermination d'une hiérarchie. Les milices agissaient de leur propre initiative. Ces pillages généralisés étaient accompagnés de destructions de propriétés privées.

La ville de lumière est une grande ville stratégique, regorgeant également des atouts économiques considérables. Une dizaine de mines d'or et de diamant attisaient la convoitise des miniers et des groupes rebelles. Ainsi, le premier objectif de la Séleka était de conquérir tous les sites miniers et d'imposer son hégémonie. Cela se fit après trois jours d'intenses combats entre la Séléka et un groupe de miniers bien armés, illicitement installés.

La Séléka s'installa et instaura de lourdes taxes illégales. Ces pillages, tueries et massacres poussèrent les populations à se réfugier dans la brousse. Des attaques ciblées, sur la base d'appartenance ethnique et religieuse s'amplifièrent. Hommes, femmes et enfants furent enlevés, des bâtiments publics détruits.

Par ailleurs, les populations qui fuyaient dans la brousse n'avaient rien à manger. Elles se nourrissaient d'ignames et de feuilles sauvages, de l'eau non potable qui provoquèrent de la diarrhée aigüe et d'autres maladies plus graves chez les enfants et les personnes âgées

Comme la Séléka n'avait pas intérêt à rester dans la ville Lumière, Sahamat décida de créer une base arrière dans cette ville, pour continuer l'exploitation et la vente des produits dont l'argent servait aux achats d'armes.

La Séléka quitta la ville Lumière située à 380 km de Bangui. La menace devenait de plus en plus importante et le régime de Bangui s'agitât de plus bel. Le président Boté criait au secours à la communauté internationale pour stopper l'avancée de la Séléka. Entre-temps, plusieurs accords de paix et de sortie de crise ont été signés que celui-ci foulait au pied. Il initia le gouvernement d'Union nationale avec la Séléka pour sauver la situation mais cela également avait échoué.

Chapitre XVI

Boté fut destitué et le pouvoir fut détenu par la rue. La Séléka attaqua la prison principale où étaient détenus illégalement des opposants politiques et certains activistes rebelles. Tous les dépôts d'armes furent détruits et la prolifération des armes prit de l´importance. Les AK-47 se vendirent à 1000 francs et les grenades à 25 francs. Tous les habitants, et même les enfants, avaient une ou deux armes à feu, ou même plus. Et la loi de la jungle fut instaurée. Des pillages généralisés, des tueries de masse constituaient le quotidien des Banguissois.

Le président autoproclamé Dotasun ne put contrôler ses éléments. Entre-temps, le nombre des milices augmentait radicalement.

Dotasun essaya de réduire le nombre de ses éléments afin d'éviter le pire. Il renvoya donc en bloc tous les éléments qui avaient rejoint la coalition. La communauté internationale lui tourna le dos et refusa de reconnaitre son pouvoir. Ainsi, il fut incapable de payer les mercenaires arrivés et les renvoya chez eux. Il conseilla donc aux mercenaires tchadiens et soudanais de se payer eux-mêmes, sur le compte des populations et des entreprises. Et la solidarité religieuse voulant, la grande coalition Séléka à majorité musulmane se ruait sur les communautés non musulmanes.

Les mercenaires tchadiens et soudanais allaient de maison en maison pour piller. Chacun devait s'enrichir avant de regagner son pays d'origine. De grandes firmes comme Total, CFAO furent pillées. De plus, des centaines des véhicules Toyota et Renauld furent acheminés vers le Tchad et le Soudan.

Les meurtres ciblés contre les populations non musulmanes, les violences sexuelles s'aggravaient. Ces agissements révoltèrent les populations et poussèrent à la naissance de la résistance armée. Les populations, y compris les FACA (Forces Armées Centrafricaines) utilisèrent la méthode forte pour stopper la Séléka. La résistance fut qualifiée de pro-Boté et le président Dotasun décida de la réprimer sauvagement.

Les quartiers non musulmans furent ciblés par le pouvoir en place. La Séléka y pénétrait et procédait aux traques des pro-Boté de porte en porte. Elle tirait sur tout ce qui bougeait. Hommes, femmes et enfants, tous sans exception étaient ciblés. La terreur envahit la ville et beaucoup de personnes fuyaient les massacres et se réfugiaient au Congo, au Cameroun.

Dans les quartiers du km5, à majorité musulmane, les exactions étaient encore plus horribles. Tous les domestiques non musulmans étaient récupérés et conduits dans des chambres de tortures. Ils étaient décapités, éventrés et jetés dans des puits. Et aux alentours des maisons, des cadavres jonchaient le sol, couverts de gros essaims de mouche.

Après un mois de prise de pouvoir par la Séléka le 23 mars 2013, notre vie commençait à être menacée. Les milices Séléka étaient devenues incontrôlables et menaient des activités brutales à l'endroit des populations. Elles s'en prenaient sans cesse aux populations civiles et excellaient dans les braquages et les pillages. Les populations étaient les cibles potentielles des répressions dues au non-respect des engagements devant récompenser ou permettre le rapatriement de certains mercenaires.

Or, une partie de la population pensait que l'arrivée de la Séléka devait ouvrir la voie à une ère nouvelle, mettant fin aux bavures et aux oppressions du régime déchu. Mais, on avait commencé à enregistrer des cas de violences, de pillages, de destructions de maisons pendant l'avancée de la Séléka dans les villes provinciales. Des femmes, des jeunes filles étaient sans cesse violées.

Personne ne pouvait être d'accord ou indifférent face aux crimes commis. Les milices Séléka commençaient clairement à s'attaquer à une communauté au détriment d´autres, orientant ainsi les violences et les crimes à l'endroit de la communauté chrétienne. De ce fait, la cohésion sociale, l'harmonie entre les deux communautés, volèrent en éclat. Les deux communautés baignaient dans le sang.   Un certain vendredi 12 avril

2013, un jeune homme a été renversé par un véhicule de patrouille de la Séléka estampillé "le Risqueur de Bouroumata" dans le 7e arrondissement, précisément au quartier Ngatoua, à quelques mètres du camp Kassaï. Cela avait révolté les habitants qui sont descendus dans la rue pour manifester leur indignation. Du coup, le régime en place avait trouvé un motif pour réprimer la manifestation, accusant les manifestants d'être des pro-Boté qui voulaient nuire au pouvoir en place.

Ainsi, une force importante de milices Séléka a été déployée dans l'arrondissement, et avait pour mission d'éliminer tous les pro-Boté. Il n'y avait rien à faire, cette force devait marcher sur tout ce qui bougeait. Vers 16h environ, notre arrondissement a été envahi et des tirs nourris d'armes lourdes ont commencé à retentir de partout. La panique fut générale et personne n'attendit une minute pour détaler.

Certains habitants se recroquevillaient chez eux. Quant à nous, nous avons pris la fuite et étions allés nous cacher sur la colline de Gbazoubangui. Les milices Séléka nous ont poursuivis jusqu'à là où nous nous étions retranchés. Elles commençaient à lancer des tirs d'obus et de roquettes sur nous. C'était le sauve-qui-peut ! Ils envahirent la colline en ordre dispersé.

Il n'y avait qu'une issue pour nous, celle menant au quartier Boy-rab, du côté de Ndress. Les autres voies étaient bouclées. Ces tirs n'avaient pas manqué de faire de victimes dans notre rang. Un ami, Francus, avait reçu une balle à la tête. Il était tombé sur le champ. Un autre, Audran, eut ses deux membres inférieurs emportés par un tir d'obus et n´a pu survivre à ses blessures. Il rendit l'âme quelques instants plus tard. Un autre encore, Slach, était tombé sur une branche pointue d'un arbre, qui lui avait percé les entrailles. Mon cœur battait à se rompre, et je ne pouvais m'arrêter pour assister les autres. Et dans ma course, j'étais giflé au passage par les branches d'arbres. J'en étais légèrement blessé.

Nous étions enfin arrivés au quartier Boy-rab où les habitants commencèrent à nous harceler de questions.

Certains d'entre nous répondaient. Mais moi, je ne pouvais pas du tout parler, car je tremblais sans cesse. Je décidais aussitôt de quitter le quartier, en taxi. Je me rendis à Sica1 chez un proche parent, vu que je n'avais personne pour m'accueillir à Boy-rab.

J'y passai la nuit, tout aussi muet qu´à Boy-rab. Les proche-parents comprenaient mon choc. Je sursautais au moindre bruit. Tout me faisait peur et j'étais collé à eux. C'était sans doute le début d'un trouble psychologique.

Le lendemain matin, je reçus le coup d'appel d'un frère, Olden, qui revenait du camp de réfugiés d'Orobé, un village peu reculé de la ville de Zongo, de l'autre côté du fleuve Oubangui au Congo démocratique. Un grand nombre de centrafricains y trouvaient refuge. Olden revenait chercher ses affaires et me conseilla de le suivre au camp de réfugiés, pour me mettre à l'abri des violences et des tueries massives. J´acceptai la proposition sans réfléchir parce que je commençais sérieusement à dégouter des agissements de la Séléka.

Entre-temps, on nous signalait que l'attaque des milices Séléka sur la colline de Gbazoubangui avait fait plus de 13 morts dont six personnes qui priaient dans une petite église située au bas de la colline. Aussi, les milices procédaient de porte en porte pour chasser les pro-Boté. Cela avait conduit à beaucoup de dégâts car la plupart des hommes valides de la localité qui étaient restés chez, avaient été victimes de violences.

J'avais traversé le même jour où Olden devait retourner au camp de réfugiés. Je m'étais rendu à la direction du HCR pour m'enregistrer comme refugié. Ce jour, je passais la nuit sous le hangar de la direction. Le lendemain matin, un convoi du HRC nous avait conduits à Orobé, au camp des réfugiés, où une autre vie nous attendait.

Interlude II :
Le cri d'espoir

(écrit en collaboration avec E.T.)

Crac crac crac crac boum
Crac crac crac crac boum
Une arme, un son, un homme, un mort.
Crac crac crac crac boum
Crac crac crac crac boum
Des souffrances, des violences, des mouvements,
Des réfugiés.
Crac crac crac crac boum
Crac crac crac crac boum
Je m'appelle la guerre, je suis faite pour détruire,
violer, massacrer.
Je ne laisse rien sur mon passage
Des hommes, des femmes, des enfants
Je les massacre
Ah ah ah ah ah ah ah
Mais qui vous a trompés ?
Mes souffrances sont aussi douces que le miel
Voici, je crée des rébellions, j'envahis des villes
Et l'humanité en souffrance
Ah ah ah ah ah ah ah
Regardez ! J'ai les miens qui m'obéissent à volonté
Le vandalisme, je détruis des biens publics,
Des communautés, des œuvres d'arts

Le tribalisme, je divise des hommes, des peuples
La politique, la mère de la haine, des querelles
De combats, le seigneur de la dictature
Le plus grand mal africain
Je m'appelle la guerre
Le sang qui coule ne me dit absolument rien
Les pertes en vies humaines font marcher
Les armes que je crée
Je fais naître des orphelins, des veuves,
Des déplacés, des réfugiés
Le monde souffre de mes douleurs
Ah ah ah ah ah ah ah
Et toi ma pauvre rivale, la paix
Que ferras-tu pour ces hommes ?

Crac crac crac crac boum
Crac crac crac crac boum
Une arme, un son, un homme, un mort.
Crac crac crac crac boum
Crac crac crac crac boum
Des souffrances, des violences, des mouvements,
des réfugiés.
Oh je suis la paix ! Le plus grand compagnon
De l'humanité
Je viens rassembler, soigner les douleurs
Unir les divisés
Dans mon cœur je porte la joie
L'amour, la fraternité, la solidarité
Le pardon. C'est le devoir d'un bon père

Qui aime tous ses enfants
Rien ne fait souffrir plus que la guerre
Une chose que je hais, que je déteste
Que je combats
Je ne suis ni vandale, ni tribale, ni politique
Je construis, j'unis, je démocratise
Aucune douleur ne se sent en moi
Je rêve d'un monde meilleur
Regarde tout ce que tu fais, la guerre
Des hommes qui ont quitté leurs pays
Se sont séparés de leurs parents
Mis dans la tombe, disparus
Arrivés sur une terre étrangère,
Tous introvertis, cherchant un abri
Des hommes de douleurs, souffrant
La mélancolie de ceux perdus
Hantés par les lendemains incertains
D'une vie inhabituelle
Tu es minable, et mauvaise la guerre
Chaque jour qui passe
Chaque nuit qui arrive
Nous plongent dans des réflexions
Dans des combats spirituels
Nous sommes des réfugiés
Devenons citoyens du monde
Nous voici devant vos portes
Parce que la mort nous a épiés
Que nous cherchons ? Un abri protecteur
Une vie nouvelle, plus douce, aimable

Oh nous sommes réfugiés sans cités
Nous vous crions pour notre survie
La réalisation de notre rêve,
Notre réintégration dans la cité
Rien n'est plus grand que la vie
Elle est si belle si l´on se sent protégé
Plus tendre s'il y a de l'espoir

Crac crac crac crac boum
Crac crac crac crac boum
Une arme, un son, un homme, un mort.
Crac crac crac crac boum
Crac crac crac crac boum
Des souffrances, des violences, des mouvements,
des réfugiés.
Crac crac crac crac boum
Crac crac crac crac boum
Tu penses me flatter toi la paix
Eh eh eh eh eh eh eh
Je ne suis pas un monstre
Ce sont des hommes qui me façonnent
Pour me combattre, supprime
L'égoïsme, la soif du pouvoir
La folie de grandeur, l'injustice…
Et il n'y aura plus de guerre, plus de douleur
Plus de séparation, plus de réfugiés.

Chapitre XVII

A Bangui, la communauté non musulmane appuyée par une nouvelle force dénommée Antibalaka s'organisa pour lancer des représailles contre la communauté musulmane

Le 5 décembre 2013, une flambée de violence consuma tout le pays. Les Antibalaka furent une irruption meurtrière sans pareille. Ces gens sortirent de nulle part et étaient munis de gris-gris protecteurs nés des alliances avec les puissances des ténèbres. On aurait dit qu'ils étaient possédés par le diable lui-même. Ils avaient toute sorte d'armes blanches. Des bouts de bois, des flèches et surtout des machettes achetées en grand nombre par le régime Boté pour l'extermination des opposants, en particulier la Séléka.

Grâce à ces gris-gris, ils pensaient pouvoir effectuer un voyage astral. Ils apparaissaient et disparaissaient çà et là, menant des combats invisibles. Les pactes signés avec les puissances des ténèbres leur défendaient de toucher aux femmes et de manger certains aliments pour ne pas briser les pouvoirs magiques.

Ce 5 décembre, les Antibalaka attaquèrent les positions stratégiques de la Séléka. Mais, ils firent face à une forteresse ; car la Séléka était encore bien armée et en position de force. La Séléka répliqua à l´invasion meurtrière des Antibalaka et procéda à des représailles ensanglantées qui entrainèrent, en un seul jour, la mort de plus de 6000 personnes.

Les Antibalaka, appuyés par les FACA (Forces Armées Centrafricaines) décidèrent d´en finir avec la Séléka. Ils renforcèrent donc leur position et parvinrent à équilibrer le rapport de force grâce au soutien de certains responsables politiques. La balle était désormais dans le camp Antibalaka.

Dans tous les quartiers, Séléka et musulmans devenaient des cibles. Une chasse aux musulmans s'organisait partout. Des machettes étaient distribuées à tout le monde, hommes, femmes et enfants, en vue de la vengeance, de l'extermination de la communauté musulmane.

Pendant cette période, les musulmans étaient poursuivis comme de bêtes. Les plus faibles étaient rattrapés dans leur course par des centaines de coups de machettes venant de partout. On entendit des cris, des gémissements, des supplications venant des victimes des coups de machettes : tcha, tcha, tcha, tcha. Des têtes musulmanes volèrent dans leur fuite et tombèrent, toutes ensanglantées, dans les avenues. La terreur s'abattait sur cette communauté, un carnage inégalé venait d´avoir lieu.

Les populations non musulmanes qui se casaient dans les brousses, fuyant les tueries massives de la

Séléka, furent ressuscitées. Même celles qui s´étaient réfugiés au Congo regagnèrent les Antibalaka et s´adonnèrent à la vengeance. Des mosquées et des maisons entières étaient détruites, pillées et incendiées. Il ne restait rien dans les quartiers non musulmans, tous leurs biens avaient été détruits. Tout avait été mis à sac : mosquées, écoles, centres AMA. Les représailles Antibalaka dépassèrent les limites du possible. On allait aussi de porte en porte pour extirper les musulmans.

Dans le rang des Antibalaka, un jeune-homme surnommé Chien Méchant dont toute la famille fut massacrée par la Séléka et qui en était le seul survivant, excellait dans les violences contre les musulmans pour se venger. Il entrait dans un foyer musulman où la famille était retranchée dans une petite chambre. Aidé par son clan, il mit la main sur le père de la famille. Chien Méchant décida de s'occuper lui seul de cette famille. Il étendit le vieux au sol et les yeux rougis de sang, commença à le décapiter. Il le coupa en petits morceaux et lui arracha le cœur, qui continuait de battre. De sa poche, il sortit un pain de manioc, prit un morceau de la chair du vieux et le mangea. Il mangea sa chair crue, et se moqua du cadavre. Il cria à la vengeance de ses parents tués. Ses amis suivirent son geste, déchiquetèrent le vieux et se régalèrent aussi de sa chair. Chacun coupait la partie qui lui semblait douce et les balançait dans la bouche comme dans un film d'horreur.

La femme et les enfants du vieux musulman furent saisis et trainés dehors. Chien Méchant et ses amis les abandonnèrent à la merci d´une foule furieuse et agitée. Celle-ci les récupéra aussitôt et les passa au tabac. Ils reçurent de gros coups de bois, de marteaux, de machettes. Tous les coups étaient permis. Ils en succombèrent, pendant que la foule grandissait de plus en plus. Leurs corps furent jetés dans la rue et furent brûlés à l´aide de pneus.

Dans certains marchés de la ville de Bangui, on exposait des corps humains, vendus par les bouchers. Ce furent des musulmans tués, brûlés dont les morceaux étaient soigneusement découpés. Leurs cranes étaient exposés au bas des tables de vente. Les bouchers prenaient le plaisir de les présenter aux passants comme dans une scène de vente aux enchères. Le Centrafricain avait atteint le comble de la cruauté. Il s'animalisa extrêmement. La vie humaine se vida de sa dignité et de sa valeur. On pouvait tuer un être humain comme on tue un poulet, un chien, la conscience tranquille. La monstruosité fut infernale...

La communauté musulmane commençait à fuir en masse les massacres vers les pays limitrophes pour se mettre à l'abri de cette barbarie.

Les Antibalaka suspendaient à leurs cous des crânes humains et effrayaient par leur aspect diabolique. Ils pénétrèrent dans les villes provinciales à la chasse aux musulmans. En sus, ils ciblaient la communauté peule dont ils enlevèrent les troupeaux ainsi que d'importantes sommes d'argent. Toutes les voies de transhumance étaient coupées par les Antibalaka. Ils oublièrent les pactes signés et commençaient à exceller dans les viols de femmes et d'enfants, les pillages généralisés.

Après que les musulmans eurent quitté en masse le pays, les Antibalaka tournèrent leur barbarie contre les populations qu'ils venaient de libérer. Ils ne firent plus de distinction entre musulmans ou chrétiens. Ce qui importait pour eux, c'était de s'enrichir d'une manière ou d'une autre. Ils se baignèrent dans le sang humain, défiant toute sorte d'autorités établies.

Chapitre XVIII

Q uand je suis arrivé au Congo, j´ai poussé un grand ouf de soulagement, content d´être loin des crépitements d'armes, des pleurs, du sang versé. Je revenais peu à peu à moi-même. Je commençais à réfléchir au pourquoi de notre crise. Je trouvais en fin de compte qu'elle était moins que débile.

Mes premières nuits au Congo étaient cauchemardesques, difficiles. Je revoyais sans cesse les actes de crimes commis, dont mes amis étaient morts. Et à vrai dire, la nuit m'effrayait beaucoup. Autour de moi, il y avait le bruit des autres réfugiés qui, eux aussi, portaient en eux les lourdes peines et souffrances de la crise débile. Le récit des autres pouvait être plus dramatique que le mien, ceux dont les proches parents étaient massacrés sous leurs yeux.

Il était difficile pour nous de tourner la page de cette histoire et de penser à l'avenir. Le camp de réfugiés d'Orobé avait une atmosphère mélancolique. Seuls les enfants semblaient indifférents et s'adaptaient malgré eux à cette nouvelle vie. Une vie plus différente que celle passée dans nos foyers au pays.

Il n´y avait rien à faire, nous devions chercher à nous adapter. Et nous ne pouvions trop exiger de ceux qui nous avaient accueillis. Des tentes en bâches avaient été improvisées, servant de chambres à coucher ou d'abris. Nous dormions à même le sol et dans une obscurité totale, car les pièces ne contenaient pas de lampes tempêtes.

Le matin, il était difficile de résister à la fraicheur que dégageait le fleuve Oubangui située à quelques mètres du camp. On se lavait là dans la rivière, à midi ou les après-midi. Il nous fallait aussi accepter la nourriture que le HCR nous servait, des plats sans goût et immangeables. Cela nous donnait les maux de ventre et d'autres personnes, en particulier les enfants, en souffraient, faisant de diarrhées aigües.

Nous prenions aussi de l'eau sale, qui n'était pas bien traitée. De ce fait, nous n'étions nullement à l'abri d'autres dangers sanitaires. Notre santé était exposée. Mais que pouvions-nous faire ? Rien du tout. Nous devions accepter ces changements brutaux de vie.

Quelque temps après, nous étions transférés à Molet où le nouveau camp de réfugiés avait été aménagé. Là aussi, les choses n'avaient guère changé. Le même régime alimentaire était maintenu. Plus de cinq enfants étaient morts après avoir passé un mois à Molet à cause de ces traitements inhumains et dégradants.

En quittant Bangui, j'avais sur moi une somme de plus 300000 F CFA. Une partie de cet argent provenait de ce que j'avais épargné quand je travaillais comme reporter au journal l'Agora. Une autre partie, provenait de mes biens que j'avais vendus parce quand je suis reparti les chercher au pays. Aussi, l'ami avec qui j'avais traversé avait ajouté quelque chose. Cet argent était dépensé sur le camp pour nous aider à la variation de notre alimentation.

Dès début septembre, nous commencions à avoir marre de notre mode de vie maussade et ennuyeuse Entre-temps, nous avions été mobilisés pour enterrer dignement les enfants morts sur le site. Il y avait un dispensaire sur place, mais le personnel soignant était incomplet et incompétent par-dessus tout. Le seul médicament qui était prescrit aux enfants était le paracétamol qui ne pouvait aucunement guérir les maux dont ils mouraient.

Souvent la nuit, il nous était difficile de dormir. Et comme vous le savez, l'Afrique a ses réalités métaphasiques, mystiques que n'on ne peut ignorer. Le site de Molet était vraiment hanté. Les mauvais esprits agitaient le camp toutes les nuits au point où nos nuits étaient transformées en veillées de prière. Souvent vers minuit, les enfants commençaient à pleurer sans cesse et nous savions d'emblée que ces esprits étaient déjà là. De partout, nous entendions des cris, des pleurs, des "au nom de Jésus" vibrants, pour chasser ces esprits maléfiques.

De ce fait, nos tentes faites en bâches recevaient des coups de mains ou de pieds invisibles dont les échos étaient effectivement ressentis. Mais pourquoi tout cela ? D'après les dires, les habitants de Molet étaient hostiles à notre installation. Et, ils étaient réputés dans les pratiques de la sorcellerie. Par ailleurs, certains réfugiés centrafricains commençaient à flirter avec les filles congolaises, lesquelles étaient souvent déjà mariées à leurs concitoyens congolais. Et cela révoltait les habitants de Molet qui nous considéraient comme d' « envahisseurs ». Nos amis centrafricains marchaient avec ˝leur cul˝ dans la tête, et la crise n'avait pas mis fin aux moments de chaleur. Ils convoitaient et couraient les filles congolaises, allant parfois à provoquer le divorce de certains couples. De ces relations étaient nées des enfants illégitimes, victimes des vices de notre société.

Nos activités se résumaient à manger, dormir, faire des discussions banales, sans oublier le sexe dont raffolaient certains réfugiés pour passer le temps. Donc notre temps était consacré à ces choses banales afin d'échapper à nos souffrances. De plus, les récits de nos vécus étaient rocambolesques.

Comme celui, horrible, de cette femme dont le mari et les enfants étaient égorgés. Elle portait une robe toute tâchée de sang qu'elle refusait de changer malgré l'intervention d'autres femmes conscientes de sa situation. Elle ne parlait quasiment pas et pleurait constamment. Elle avait perdu tout ce qu'elle avait de si cher. Et sa douleur était difficilement supportable.

Les 300000 F CFA que nous avions sur nous commençaient à être épuisés. Or, nous avions envie de nous rendre à Kinshasa pour échapper à cette vie monotone. Nous avions nourri des projets d'avenir, comme la poursuite de nos études supérieures. Et la ville congolaise qui devait nous permettre de réaliser ce rêve était Kinshasa, dont nos amis congolais parlaient avec beaucoup d´éloge. Ces derniers nous faisaient croire qu'il y avait beaucoup d´opportunités à Kinshasa et que le HCR prenait bien soin des réfugiés urbains, offrant par la même occasion, des bourses d'études.

Pour nous, aller à Kinshasa était une source de réussite. Ainsi, nous nous étions résolus à partir, quitter ce camp de tous les cauchemars. Pour ce faire, le 22 septembre 2013, nous avions emprunté un véhicule de transport en commun pour commencer notre périple, dont l'itinéraire était : Zongo-Gemena-Akula –Kinshasa. Arrivés à Akula où il y a un grand port fluvial, nous avons pris le bateau en direction de Kinshasa. Le voyage en bateau dura sept jours.

Entre-temps, nous avions eu de sérieux problèmes avec la police d'immigration, qui nous avait refoulés à plusieurs reprises, au motif d'irrégularités dans la procédure administrative qui devait nous permettre de nous munir des papiers d'hébergement, permettant notre descente sur Kinshasa. Pendant ces tracasseries, nous avions fait la connaissance d'un Congolais qui avait passé huit ans en Centrafrique. Il vendait au km5. Et comme pendant le voyage il nous entendait parler Sango (notre langue nationale), il s'était vite approché de nous pour nous tenir compagnie. Il avait regagné sa famille à Kinshasa pendant le putsch de Boté.

De ce fait, l'ami Élie décidait de nous accueillir chez eux à Kinshasa. Les agents de l'immigration nous avaient complètement dépouillés de la somme que nous avions sur nous. Donc, nous ne pouvions désormais compter que sur la providence divine. A ce titre, une famille de commerçants se rendait à Kinshasa au bord du même bateau que nous. Elle nous nourrit comme des petits princes durant le voyage, quand elle avait su que nous étions des réfugiés. Nous nous régalions de poissons frais tirés du fleuve, avec de la viande rôtie et des œufs préparés pour la circonstance. Chaque matin, nous prenions un grand bol de lait avec de délicieux gâteaux.

Notre voyage sur le bateau a été une réussite grâce à cette famille de commerçants, qui nous a témoignés de sa générosité, malgré les risques d'accidents que nous avions surmontés. Nous étions enfin arrivés à Kinshasa. Et Élie nous accueillit chez lui, mais avait fait savoir sur le champ que Kinshasa « est une autre réalité et que personne ne prenait ici soin d'autrui. C'est « chacun pour soi, Dieu pour tous ». C'était là où commençait notre enfer.

Après un jour de repos, l'ami Élie nous suggéra d'aller directement chercher du travail dans les usines de la place, afin de ne pas crever de faim. Cela fut fait. Nous avons négocié férocement, avec fortes supplications, pour que nous puissions être acceptés dans une usine de plastiques dénommée "Ok Plast". Nous y avons travaillé comme des journaliers, pour 3000 francs congolais par jour, pendant six jours d'affilée.

Mais, il était difficile pour nous d'être recrutés régulièrement, vu que les enfants du pays, les Congolais, souffraient beaucoup de chômage. Donc, ils ne pouvaient pas nous privilégier, nous qui étions des étrangers, par rapport aux natifs. Ainsi, la discrimination positive était là. Il nous fallait des fois graisser les pattes des chefs d'équipe pour être retenus.

Le HCR de Kinshasa avait refusé de nous prendre en charge, disant que l'assistance aux réfugiés n'était donnée que sur le camp. Notre situation devenait difficile.

Je recevais de temps en temps de l'argent de ma grande sœur qui vit en Italie, mais cela ne pouvait pas tout couvrir, le coût de la vie étant très élevé. Nous avions parcouru la majorité des usines de Limeté Industriel.[1] Mais seules deux usines nous avaient accepté : "Ok Plast" et "Ok Food".

Or, j'avais sur moi mes diplômes d'étude en droit, mais il était difficile de trouver du travail. J'étais allé

---

[1] Quartier de Kinshasa

donc demander au niveau d'une station radio catholique, si je pouvais y être retenu comme pigiste. J'ai été retenu après un entretien avec le directeur des programmes, qui m'employa comme rédacteur au sein de la section du journal en français. Un salaire forfaitaire 50 dollars m'était donné, qui ne pouvait non plus couvrir tous mes besoins. Mais je n'avais pas le choix.

Dans l'enceinte de la radio, une dame tenait un restaurant. Elle se voyait obligée de me donner à manger gratuitement tous les jours, vu ma situation. Ce qui me soulagea énormément. Son geste m´est inoubliable. Je lui en serai à jamais reconnaissant. Je devais manger dans ce restaurant en gardant une part de nourriture pour Olden avec qui je vivais.

En outre, on allait dans plusieurs églises protestantes et autres pour expliquer notre situation. Les gens ne pouvaient que compatir à notre situation, et nous aidaient comme ils pouvaient. Nous fîmes la connaissance de l'église Compassion du pasteur Marcelo, où il y avait « le restaurant du cœur » qui donnait à manger aux enfants de la rue et aux pauvres. On nous accepta parmi ceux-là, et nous nous rendions régulièrement audit restaurant pour manger.

Les fidèles de cette église nous assistaient aussi financièrement. Par moment, ils nous invitaient chez eux pour partager les repas en familles, pendant lesquels nous leur racontions notre crise.

A Kinshasa, d'autres personnes nous taxaient de « cannibales », de monstres, de tous les noms, à cause de ce qui était relayé sur les ondes, les réseaux sociaux à propos de la Centrafrique. Ils refusaient même de nous fréquenter. Ils disaient que nous étions « inhumains », des diables.

Comme les choses n'allaient pas bien et que la situation sécuritaire à Bangui commençait à s'améliorer, j'avais décidé de rentrer au pays. Je ne pouvais pas continuer à vivre ainsi. Donc, j'étais allé rencontrer le personnel du HCR de Kinshasa pour qu'on puisse me ramener sur le camp de Molet, ce qui devait me permettre de rentrer facilement au pays.

Après les démarches procédurales, j'avais été programmé pour un vol gratuit à bord d'un avion des Nations-Unies. Ce vol était à destination de Libenge. Et de là, un véhicule du HCR me récupéra et me ramena au camp de Molet. Le même jour, j´empruntai une moto pour me rendre à Zongo. Le soir, vers 18 heures, je traversais en pirogue pour rejoindre Bangui.

Chapitre XIX

J e suis rentré un soir au pays, au moment où il commençait à se remettre peu à peu de sa crise. J'ai retrouvé certaines personnes que j'avais laissées : mes proche-parents, mes amis, mes connaissances. D'autres étaient mortes. Leur sort témoignait le poids de la souffrance, des douleurs et des peines endurées durant la crise. Et, bon nombre de nos biens matériels et autres, avaient été détruits.

Je devais accepter la situation du pays et essayer de repartir à zéro. Avant tout, il fallait trouver une activité pour occuper mon temps. Je retournais travailler comme reporter au journal l'Agora. De là, je participais activement aux préparatifs des élections présidentielle et législatives qui ont abouti au retour à l'ordre constitutionnel. Ainsi, je créais mon blog pour essayer d'atteindre un grand public ou élargir la visibilité de mes activités journalistiques.

Toutefois, mon revenu mensuel, de18 à 20 dollars la semaine, ne me permettait pas de vivre de mon activité. De ce fait, j'ai tenté de trouver mieux ailleurs. C´est ainsi que je trouvais du travail à l´IRAD qui est une ONG nationale, sous-traitant avec OXFAM. J'y étais retenu en tant que coordonnateur d'hygiène. Ma tâche principale était de coordonner les activités de vidange dans les différents sites des déplacés de

Bangui, où des latrines avaient été construites pour permettre aux déplacés d'y faire leurs besoins, afin d'éviter la propagation des épidémies, tel que le choléra. Donc, nous faisions le soin régulier des latrines, pour qu'elles ne soient pas trop remplies et empester le voisinage. En plus de cela, nous faisions des vidanges privées pour répondre aussi aux besoins des particuliers, étant donné que nous étions la seule structure à œuvrer dans ce domaine. Je démissionnais après quelques mois de travail.

J'ai beaucoup appris des déplacés, quand ils racontaient les drames qu'ils ont subis et les difficultés qu'ils avaient à tourner la page de leur histoire. Certains avaient presque tout perdu, n'ayant plus auquel s'attacher dans cette vie, surtout ceux qui venaient notamment de Boying, de Miskine voire de km5. Les femmes étaient visiblement les plus vulnérables, vu qu'elles sont obligées de se nourrir dans la rue, au moyen de la prostitution. J'étais vraiment déchiré par le récit d'une femme qui, pour nourrir sa famille, pouvait faire passer cinq à dix hommes par jour, pour une somme de 100 F CFA le rapport. C'était ainsi que les maladies sexuellement transmissibles se propageaient facilement.

Tous ces maux tirent leurs origines de la mauvaise organisation de notre société, quand le politique ne favorise pas l'égalité de tous devant les services publics de l'Etat, l'intégration de toutes les communautés dans le processus du développement national. Etant donné qu'on avait tous des parents musulmans ou chrétiens, la vraie guerre de religion, si guerre il y avait, devait commencer dans nos foyers respectifs. Ce n'est pas le cas. Les gens préfèrent se cacher derrière les identités communautaires pour pousser notre peuple au grand génocide. Quel Dommage que cela ait réussi en Centrafrique.

Interlude III :
A quoi ça sert ?

A quoi ça sert de crier si ta voix n'est pas entendue
?

A quoi ça sert de combattre si ta lutte
Est comme une goutte d'eau dans la mer ?

A quoi ça sert de dénoncer ces crimes odieux si ceux
Qui les entretiennent sont justement à notre chevet ?

A quoi ça sert d'avoir la communauté nègre à notre chevet
Si elle est indifférente et participe au déclin de notre pays ?

A quoi ça sert de garder la Minusca si notre crise
Doit la nourrir et nous dépouiller ?

A quoi sert d'avoir un président si celui-ci
Est un frotte-manche?

A quoi ça sert d'espérer s'il y a encore
Des armes sous nos lits ?

A quoi ça sert de rester si notre situation
Se détériore de jour en jour ?

A quoi ça sert de se mettre en marche
Si les ténèbres obscurcissent le bout du tunnel ?

A quoi ça sert de vivre si notre quotidien
Est pétri de malheurs et de pleurs ?

A quoi ça sert de penser si
Le lendemain nous réserve le même sort ?
A quoi ça sert de dormir si
Tu sais que tu ne te réveilleras jamais ?
A quoi ça sert d'aimer si
La mort va bientôt nous séparer ?
La seule et vraie question que l'on se pose :
Sommes-nous conscients de la désintégration
De notre nation ?

Pistes de sortie de crise

Lucius disait : « aucun vent n'est favorable pour celui qui ne sait où il va ». Il y a déjà bien des années que le peuple centrafricain est au supplice, portant les douleurs de la crise. Et nul ne sait à l'heure actuelle où cette crise nous mène, dans la mesure où ni le gouvernement, ni la Minusca ne semblent être à la hauteur pour y remédier.

Il ne peut y avoir deux capitaines dans un même bateau.

J.J Rousseau disait: «… J'aurais voulu donc que personne dans l'Etat n'eût pu se dire au-dessus de la loi, et que personne n'en pût imposer que l'Etat soit obligé de reconnaitre ; car, quelle que puisse être la constitution d'un gouvernement, s'il s'y trouve qui ne soit pas soumis à la loi, tous les autres sont nécessairement à la discrétion de celui-là ; et s'il y a un chef national et un autre chef étranger, quelque partage d'autorité qu'ils puissent faire, il est impossible que l'un et l'autre soit bien obéis et que l'Etat soit bien gouverné ».

La pensée de Rousseau cadre nettement avec la crise que traverse notre pays dont deux entités différentes se proposent de la résoudre : la Minusca, d'une part, et le gouvernement centrafricain de l'autre. Et nous avons vu l'un et l'autre à pied d'œuvre, tâtonnant vainement en essayant de trouver une solution. La raison est simplement qu'il y a deux capitaines dans notre bateau. De ce fait, le gouvernement ne peut pas faire grand-chose. Il faut que l'un deux cède son autorité au profit d'un seul centre de pulsion de décision dont la vision et la gestion seront axées autour de la résolution rigoureuse de la crise.

La Minusca dispose de moyens de guerre pour maintenir et imposer la paix en Centrafrique. Seulement, il n'y a pas de la volonté politique de sa part pour la pleine exécution de son mandat, de sorte que les tueries et les massacres continuent de paralyser le pays.

Aussi, quand Rousseau dit : « s'il y a un chef national et un autre chef étranger, quelque partage d'autorité qu'ils puissent faire, il est …que … bien gouverné », cela démontre dans notre cas que certains groupes rebelles seraient à la discrétion de la Minusca, comme ils peuvent tuer, massacrer au su et au vu des forces onusiennes. La Minusca prône par ce fait la résolution pacifique de la crise pour justifier l'impunité. Il est intolérable que les populations soient tuées sous le nez et la barbe des troupes onusiennes. Alors, quelle est la raison de leur présence sur le terrain ? Cela témoigne de la complicité, du sabotage, de l'indifférence. La sécurité du peuple est la responsabilité principale du gouvernement et non celle de la Minusca.

Les centrafricains étaient nombreux à penser que la visite du Secrétaire Général des Nations Unies [date ?] allaient changer le cours des choses. Mais, malgré cette visite ponctuée d'entretiens avec les hommes politiques, les rebelles et les religieux, les violences ne cessent de s'amplifier dans les provinces.

Un habitant de Balaka disait « la guerre entre l'UPC et le FPRC est une guerre d'intérêts. Ils se battent afin de violer, de piller, de s'approprier les sites miniers et les positions stratégiques…Toutes les autres raisons données ne sont rien que des prétextes ». Et la Minusca est mieux placée pour comprendre cette réalité ; elle est complaisante par rapport aux actions subversives des groupes armés qui se cachent derrière des identités chrétiennes ou musulmanes pour maintenir la crise. Aussi, les ressources naturelles du pays exploitées illégalement par ces groupes sont connues de la Minusca qui les caresse dans le sens du poil.

La Minusca agit toujours en pompier moqueur, et arrivent après que les gens s'entretuent copieusement. Alors pourquoi maintenir une telle mission quand les vies humaines sacrifiées doivent servir de raison pour la maintenir, alors qu'elle ne sert absolument à rien.

Dans son rapport relatif aux violations et abus des Droits de l'Homme et la violation du droit international humanitaire par les groupes rebelles, la

Minusca a précisé les bases de ces groupes armés ainsi que leur force de nuisance. Elle connait donc les auteurs de crimes qu'elle croise quotidiennement le long des patrouilles, sans pour autant leur mettre la main dessus. On voit bien que les résolutions du Conseil de Sécurité et le chapitre VII de son traité sont simplement foulés au pied.

L'incapacité volontaire de la Minusca encourage les groupes armés à perpétrer les violences, les massacres. Comme ils peuvent tuer, violer, voler, piller, incendier des villages entiers et revenir dépenser leurs milliards à Bangui, escortés par la Minusca.

Et oui, le principe est simple : pas de crise, pas de mission de l'ONU. Il faut donc maintenir la crise pour faire vivre ce système maudit. Car on y mange, on y baise, on y tue, on y viole. C'est la vie et tant pis pour les victimes. On se retrouvera en enfer « another day » mais avant tout, on doit vivre du sang centrafricain. C'est un sang succulent. On a tout à y gagner : de l'or, du diamant, des femmes et des enfants à violer. Vive la Minusca !

Le processus du désarmement, démobilisation, réinsertion et rapatriement doit être immédiatement lancé, de sorte que l'Etat ne doive rien à personne, afin d'être libre de gouverner. Aucune autre revendication en dehors de cet idéal, illégal, ne peut être prise en compte comme motif de déstabilisation.

I.   La levée de l'embargo, le redéploiement des FACA.

Si l'embargo était la solution aux problèmes centrafricains, la crise ne devrait jamais perdurer. On voit bien que seul le gouvernement se rabaisse, s'incline pour respecter l'embargo. Alors que les groupes rebelles se procurent des milliers d'armes, dont la provenance est bien connue de la communauté internationale. Cet embargo serait bénéfique pour nous, si toutes les parties le respectaient.

Le gouvernement est impuissant face aux incursions armées, aux violences à cause de son inaction. Cette injustice entretenue par la communauté internationale au profit des rebelles prouve en elle-même que l'embargo n'a pas sa raison d'être. Au contraire, il contribue à l'amplification de la souffrance du peuple centrafricain. Donc l'embargo doit être levé pour que la responsabilité du gouvernement en matière de sécurité s'exécute pleinement.

Pour cela, le gouvernement doit créer des « zones tampons » ou « zones interdites » au niveau des frontières ou les zones à risque. Les frontières doivent être à jamais contrôlées et l'intégrité territoriale défendue. Et dans les zones ou villes à troubles, les forces de l'ordre doivent être déployées pour protéger les populations, repousser les attaques armées. Aucun groupe rebelle n'a de ce fait, le droit de massacrer les populations impunément, dans l'indifférence du gouvernement, de la Minusca. D'ailleurs j'aurais voulu ne plus me référer à la Minusca dont le personnel de sécurité dit clairement : « nous n'avons pas quitté nos familles, nos proches pour venir mourir en Centrafrique ». Donc, ils sont juste là pour s'enrichir, rouler dans des voitures de luxe et non aider au rétablissement de la Centrafrique. Nous devons prendre la responsabilité de notre sécurité en main et, si possible, y laisser notre peau. C'est le prix de notre délivrance.

Nos forces armées doivent par ailleurs avoir un comportement responsable, digne et neutre dans la résolution de la crise. La partialité ni la vengeance ne doivent découler de leurs actions afin de parvenir définitivement à l'unité, à la cohésion sociale...

II.   Volet social

Le volet social est le plus important de tous. C'est lui qui doit dessiner la nouvelle vision de la Centrafrique, ponctuée d'actions concrètes et non de vains mots, de vains discours. Car ceux qui ont le plus souffert de la crise sont les pauvres populations. Elles ont été aussi impliquées dans les violences, les massacres, pour échapper à leur réalité quotidienne.

Le volet social doit marquer plus le terme de la crise. Car, c'est du cœur des Hommes que se fomentent de vains projets. Ces derniers sont les résultats des inégalités sociales, d'injustices, et de la marginalisation. C'est ce auquel l'Etat doit s´attaquer, pour panser les cœurs brisés, réconcilier les hommes, et enfin, les responsabiliser ou les intégrer effectivement.

La crise à presque tout détruit dans le pays, il n'y reste absolument rien comme structures sociales de bases dans les provinces, de sorte que le quotidien des populations est devenu un enfer. Il n'y a pas d´écoles, ni d´hôpitaux et d´administrations. Ainsi, l'Etat doit pouvoir redonner aux populations un sens à leur vie, en continuant ou en soutenant les activités humanitaires d'urgence. Il est certes vrai que nous devrions sortir des nécessités humanitaires pour amorcer le relèvement et développement national, mais ce processus d'urgence humanitaire ne peut être abordé immédiatement, en raison des grands défis et des attentes des populations. Il faut le renforcement des capacités de résilience de ces communautés de base où la crise est le plus ressentie.

III.   Le volet économique

La RCA est « la terre des richesses du cœur ». Il n'est pas possible que ses populations vivent dans une misère sans pareille. Nous sommes convoités à cause de nos richesses, massacrés par la même occasion pour ces mêmes richesses, et voilà que nous ne pouvons pas en jouir pleinement.

La bonne gouvernance, la transparence, l'égale répartition des richesses du pays doivent déterminer désormais l'action du gouvernement. Le pays reçoit actuellement des aides importantes. Mais elles doivent être bien utilisées, pour qu'elles puissent impacter de façon considérable la vie des populations. Il n'est plus question de tolérer les détournements de fonds publics, le blanchissement d'argent pouvant nuire au relèvement de l'économie.

Ainsi, l'Etat doit créer des richesses et de l'emploi, des possibilités économiques aux personnes désœuvrées, surtout la jeunesse, afin de les empêcher de retourner aux armes. Pour ce faire, il doit penser à faire des réformes économiques importantes pour attirer les investissements étrangers. Par ailleurs, il doit construire, réhabiliter et viabiliser les infrastructures économiques, reconquérir et contrôler les zones minières pour booster ses recettes publiques et douanières, notamment le contrôle de l'exportation de diamants, de l'or et la vente de bois.

IV. Volet politique

Le gouvernement actuel doit rassembler tout le peuple autour des idéaux de reconstruction, de cohésion sociale, d'unité, de paix. Il doit donc penser à s'ouvrir aux autres sensibilités politiques importantes, pour mener tout le monde dans ce bateau de concorde nationale. Aussi, les partis politiques et les différents opposants doivent éviter les dissensions inutiles pour contribuer au retour d'une paix durable et définitive.

V. Volet justice

Je ne suis pas un partisan de l'impunité. Donc je n'apprécie pas vraiment l'amnistie comme moyen de résolution d'une crise. Cela a créé des habitudes dont nous portons aujourd'hui les marques. Tous les criminels, les responsables de guerre doivent avoir leur place dans les prisons, pour répondre de leurs actes. La machine judiciaire doit donc être mise en marche, pour enquêter, interroger et poursuivre tous les auteurs de crimes de 2003 jusqu'à nos jours.

Printed in the United States
by Baker & Taylor Publisher Services